AXAR OFTEN

Susurros en las sombras

Copyright © 2024 by Axar Often

All rights reserved. No part of this publication may be reproduced, stored or transmitted in any form or by any means, electronic, mechanical, photocopying, recording, scanning, or otherwise without written permission from the publisher. It is illegal to copy this book, post it to a website, or distribute it by any other means without permission.

This novel is entirely a work of fiction. The names, characters and incidents portrayed in it are the work of the author's imagination. Any resemblance to actual persons, living or dead, events or localities is entirely coincidental.

Axar Often asserts the moral right to be identified as the author of this work.

Axar Often has no responsibility for the persistence or accuracy of URLs for external or third-party Internet Websites referred to in this publication and does not guarantee that any content on such Websites is, or will remain, accurate or appropriate.

Designations used by companies to distinguish their products are often claimed as trademarks. All brand names and product names used in this book and on its cover are trade names, service marks, trademarks and registered trademarks of their respective owners. The publishers and the book are not associated with any product or vendor mentioned in this book. None of the companies referenced within the book have endorsed the book.

First edition

*This book was professionally typeset on Reedsy.
Find out more at reedsy.com*

Contents

El regreso a Graymoor La	1
Un pueblo de secretos	13
Fantasmas del pasado	30
La figura oscura en el bosque	49
Bajo la superficie	71
Las secuelas	94
El ajuste de cuentas	115

El regreso a Graymoor La

El coche avanzaba a toda velocidad por la sinuosa carretera, con los faros apenas penetrando la espesa niebla que se aferraba a los árboles. El detective Cole llevaba casi una década fuera de Graymoor, pero cuando apareció a la vista el conocido pueblo, no pudo evitar que se le formara un nudo en el estómago. Las pintorescas casas, los viejos edificios de ladrillo y los imponentes bosques de las afueras le susurraban recuerdos que preferiría olvidar.

Cuando se detuvo frente a la comisaría, respiró profundamente y sostuvo el volante durante un momento más de lo necesario. No había planeado volver, no después de todo lo que había sucedido, pero el asesinato lo había atraído como una polilla a la llama. Un pueblo pequeño como Graymoor no estaba preparado para manejar algo así y, a pesar de la tensión, el sheriff Miller lo había llamado, como último recurso.

Cole salió del coche, el aire frío de la noche lo envolvió como una manta sofocante. Escudriñó las calles, vacías a esa hora tan tardía, pero el silencio le pareció extraño. Este lugar siempre había sido demasiado tranquilo, demasiado silencioso. Casi podía oír los susurros del pasado acercándose sigilosamente a él. Su hermana, el bosque, esa noche terrible…

Tras sacudirse esos pensamientos de encima, entró en la

comisaría. El aire estaba cargado de olor a café y papeleo. Un joven oficial que estaba sentado en el mostrador levantó la vista y abrió mucho los ojos al reconocer a Cole. —¿Detective Cole? El sheriff Miller lo estaba esperando.

Cole asintió brevemente y siguió al oficial por un pasillo angosto, pasando por viejos y amarillentos carteles de búsqueda y tablones de anuncios llenos de eventos de la ciudad. Parecía como si el tiempo se hubiera detenido en Graymoor. La misma ciudad de siempre, los mismos fantasmas de siempre.

Cuando entró en la oficina del sheriff, Miller estaba de pie junto a la ventana, con las manos en las caderas, mirando fijamente hacia la noche. Se dio la vuelta cuando Cole se acercó y, por un momento, ninguno de los dos habló. Había demasiada historia entre ellos como para un saludo informal.

"Has vuelto", dijo finalmente Miller, con un tono monótono.

Cole se cruzó de brazos. "No pensé que sería bienvenido".

Miller se encogió de hombros y sus ojos eran fríos. "No tenemos el lujo de elegir a quién queremos en este caso. Estás aquí porque te necesito. No pienses ni por un segundo que esto cambia algo entre nosotros".

Cole sonrió amargamente. "Ni se me ocurriría".

La tensión en la sala era palpable, pero no había tiempo para viejos rencores. Cole podía sentirla: la urgencia, la oscuridad que se había instalado en Graymoor. No estaba allí solo para resolver un asesinato. Estaba allí para enfrentarse a sus demonios, estuviera preparado o no.

La escena del crimen estaba a las afueras de la ciudad, en lo profundo de los bosques que bordeaban Graymoor. Cole había estado en esos bosques antes, años atrás, pero nunca en esas circunstancias. Los neumáticos del coche patrulla crujieron sobre el camino de grava mientras él y el sheriff Miller se acercaban a la cinta amarilla que acordonaba la zona. Los agentes estaban dispersos por todos lados, hablando en voz baja, su aliento era visible en el aire frío de la noche.

Cole salió del coche y de inmediato sintió el peso del bosque a su alrededor. Los árboles se alzaban como testigos silenciosos, sus ramas proyectaban sombras irregulares bajo la luz de la luna. Podía oler la tierra húmeda, el leve aroma a pino y algo más: un leve olor metálico que reconoció muy bien: sangre.

—Por aquí —murmuró Miller, señalando con la cabeza el claro que había delante.

Mientras caminaban, Cole notó que los oficiales más jóvenes mantenían la distancia y susurraban entre ellos. No necesitaba escuchar sus palabras para saber lo que estaban pensando. Un forastero. Un detective de la ciudad. Un problema.

Cuando llegaron al claro, la mirada de Cole se posó en el cuerpo. Una mujer joven, de no más de veinte años, yacía en el suelo frío, con las extremidades dispuestas en una posición antinatural. Tenía la ropa desgarrada y la piel pálida, casi fantasmal bajo los rayos de la linterna. Lo que más le impactó fue su rostro, congelado en una expresión de terror, con los ojos muy abiertos mirando fijamente al cielo oscurecido.

Pero lo que le revolvió el estómago fue el símbolo tallado en el árbol que estaba junto a ella. Era rudimentario, pero deliberado: una serie de líneas y círculos entrelazados, una forma que le resultaba familiar de una manera que Cole no lograba identificar.

—¿Qué diablos es eso? —preguntó Cole, señalando con la cabeza el símbolo.

Miller negó con la cabeza. "No lo sabemos. Es la primera vez que vemos algo así. Pero no es un simple acto de violencia al azar. Quienquiera que haya hecho esto… quería enviar un mensaje".

Cole se arrodilló junto al cuerpo, con cuidado de no tocar nada. Notó la suciedad bajo las uñas y los leves moretones en las muñecas. Ella se había defendido, pero quienquiera que hubiera hecho esto era más fuerte, estaba más preparado. Lo podía ver en la precisión de los cortes, en la forma metódica en que la habían dejado allí, como en una exhibición macabra.

—¿Tiene alguna identificación? —preguntó Cole, poniéndose de pie.

—Sí —respondió Miller con voz tensa—. Se llama Emma Callahan. Vivía en las afueras de la ciudad. Era estudiante universitaria y volvió aquí durante el verano para ayudar a sus padres con el negocio familiar.

Cole frunció el ceño. No reconoció el nombre, pero eso no era sorprendente. Había estado fuera de Graymoor demasiado tiempo como para conocer todas las caras nuevas. Aun así, la idea de que alguien tan joven, con toda la vida por delante, fuera raptada de esa manera despertó algo muy profundo en su interior.

"¿Quién la encontró?", preguntó Cole, escudriñando el área circundante en busca de cualquier señal de lucha.

"Son excursionistas", dijo Miller. "Llamaron esta tarde. Lleva aquí al menos veinticuatro horas, tal vez más".

Cole asintió, mientras reconstruía mentalmente la línea de tiempo. Se acercó al árbol y volvió a estudiar el símbolo. Parecía una advertencia, una amenaza de alguien que sabía exactamente lo que estaba haciendo. Quienquiera que hubiera hecho esto no era un simple asesino al azar. Había un propósito detrás de este asesinato y Cole tenía la sensación de que no sería el último.

"Quienquiera que haya hecho esto", dijo Cole en voz baja, "no ha terminado".

De vuelta en la comisaría, la tensión era palpable. La pequeña y estrecha sala estaba llena de agentes a los que claramente no les gustaba tener a un extraño entre ellos. Cole podía sentir que lo miraban mientras entraba, y los murmullos recorrían la sala como una acusación tácita. Sabía lo que estaban pensando: estaba allí para tomar el control, para ponerlos en evidencia. No importaba que estuviera allí para ayudar; de todos modos, lo odiaban.

El sheriff Miller caminaba delante de él, y el silencio entre ellos era más denso que las paredes que se cernían sobre ellos. La ciudad nunca había sido lo suficientemente grande para dos personas como él y Miller, ni entonces ni ahora. Cole podía sentirlo en cada gesto rígido, en cada mirada de soslayo.

En cuanto entraron en la sala de reuniones, Miller se dio la vuelta bruscamente, con el rostro desencajado por la frustración. "Dejemos algo en claro, Cole. Te llamé porque necesitamos ayuda. Esta ciudad necesita ayuda. Pero no pienses ni por un segundo que te estoy entregando el control de esta investigación. Estás aquí como consultor, nada más".

Cole se apoyó en el borde de la mesa, con los brazos cruzados. "No estoy aquí para pisarle los pies, sheriff. Estoy aquí para resolver esto. Usted y yo sabemos que su departamento no tiene la experiencia para lidiar con algo como esto".

Miller entrecerró los ojos. "Ya hemos manejado casos antes. No somos una empresa aislada".

Cole lo miró a los ojos, sin pestañear. —Este no es el caso habitual, Miller. ¿Ese símbolo en el árbol? ¿La forma en que la dejaron allí? Esto es diferente. Y tú lo sabes.

La sala quedó en un silencio sepulcral mientras los agentes fingían estar ocupados, aunque estaba claro que todos estaban escuchando. Miller apretó la mandíbula y, por un momento, Cole pensó que iba a estallar allí mismo, delante de todos ellos. Pero en lugar de eso, el sheriff se acercó, con voz baja y dura.

—No creas que no sé por qué volviste —murmuró Miller, en un susurro apenas superior—. No estás aquí sólo por este caso. Estás persiguiendo fantasmas.

Cole sintió que una punzada de ira le subía al pecho, pero se contuvo. No iba a morder el anzuelo. —Volví porque hay un asesino ahí fuera y necesitas mi ayuda. ¿El resto? No importa.

Miller lo miró fijamente durante un largo momento antes de volverse hacia los oficiales reunidos. "Muy bien, ¡escuchen! El detective Cole está aquí para ayudar con la investigación. Tiene experiencia en casos como este, así que espero que cooperen, pero recuerden: esta sigue siendo nuestra ciudad. Nosotros dirigimos este negocio. ¿Entendido?"

Hubo algunas respuestas de queja, pero nadie habló directamente. Cole podía percibir la hostilidad, la falta de voluntad para aceptar a un extraño en su grupo. Sabía lo que pensaban de él: un detective de primera categoría de la ciudad que regresaba a un pueblo que nunca lo había aceptado realmente. No confiaban en él, y tal vez tenían razón.

Pero no se trataba de agradar a la gente, sino de encontrar a un asesino.

Miller se volvió hacia Cole con expresión indescifrable. "Te informaré mañana por la mañana sobre los próximos pasos. Hasta entonces, no te metas en mi camino".

Cole asintió y observó cómo el sheriff salía y dejaba al resto de la sala sumido en un incómodo silencio. Cuando la puerta se cerró con un clic detrás de él, Cole no pudo evitar sentir el peso de todo aquello. Este caso no se trataba solo de resolver un asesinato; se trataba de sortear viejas heridas y tensiones que nunca se habían curado.

Y tenía la sensación de que lo peor estaba aún por venir.

Después de salir de la estación, Cole condujo por las tranquilas calles de Graymoor. El pueblo estaba casi igual: pequeño, aislado y extrañamente silencioso después del anochecer. Era el tipo de lugar donde todos se conocían, donde los secretos se susurraban tras puertas cerradas pero rara vez se decían en voz alta. Y Graymoor tenía muchos secretos.

No había vuelto solo por el asesinato. Lo sabía. Volver a casa despertó recuerdos que había enterrado profundamente: su hermana, el bosque y las preguntas sin respuesta que lo habían perseguido durante años. Había pasado demasiado tiempo desde que se enfrentó a su pasado y, estando allí ahora, era imposible evitarlo. Cada calle, cada edificio, cada punto de referencia familiar se sentía como un fantasma que lo llamaba de regreso a cosas que no estaba seguro de estar listo para enfrentar.

El coche de Cole aminoró la marcha al pasar por delante del antiguo restaurante, cuyo letrero de neón parpadeaba débilmente. Recordó haber estado sentado en esos reservados cuando era adolescente y ver a su hermana Lana bromeando con él mientras esperaban a que sus padres los recogieran. En aquel entonces, ella había sido la luz brillante de su vida, siempre llena de vida y risas. Hasta esa noche. La noche en que nunca volvió a casa.

Se detuvo, aferró el volante con los dedos y recordó esa noche. La policía había buscado, por supuesto, pero Graymoor era un pueblo pequeño y los recursos eran limitados. Los días se convirtieron en semanas y luego en meses. Finalmente, la búsqueda terminó. La gente siguió adelante, pero Cole nunca lo hizo.

Tras sacudirse los recuerdos, salió del coche y se apoyó en él, contemplando la ciudad bajo el suave resplandor de las farolas. El aire de la noche era frío y le picaba la piel, pero le ayudó a aclararse la mente. El caso por el que lo habían llamado no tenía que ver con Lana, pero no pudo evitar preguntarse si los dos estaban conectados de alguna manera. El símbolo, el bosque, la sensación de que algo acechaba justo debajo de la superficie... todo le resultaba demasiado familiar.

De repente, se oyeron pasos en la calle. Cole se puso tenso y sus instintos se activaron. Se dio la vuelta y vio que se acercaba un hombre mayor, con un paso lento y pausado. Cole tardó un momento en reconocerlo.

—¿Señor Halvorsen? —gritó Cole, sorprendido. El hombre había sido una presencia habitual en el pueblo desde que Cole tenía memoria, siempre con una palabra amable y una historia que contar.

Halvorsen entrecerró los ojos a causa de la tenue luz; su rostro estaba surcado por los años. —¿Cole? ¿Eres tú, muchacho? Me pareció oír que habías vuelto a la ciudad. —Su voz era ronca, cargada con el peso del tiempo y la experiencia.

Cole asintió. "Acabo de llegar hoy".

Halvorsen soltó una risita, aunque no tenía demasiado cariño. "No puedes alejarte de este lugar, ¿eh? Siempre fuiste del tipo curioso".

Cole sonrió a medias. "Supongo que no. Ya sabes cómo es esto".

La expresión de Halvorsen cambió y sus ojos se oscurecieron levemente mientras observaba la ciudad. "Graymoor no ha cambiado mucho, pero siempre ha habido... algo en este lugar. Tú lo sabes mejor que la mayoría".

Cole no respondió, pero podía sentir las palabras no dichas

entre ellos. Halvorsen había sido una de las pocas personas que le habían creído todos esos años atrás, que había tratado de ayudarlo a buscar respuestas cuando otros se habían dado por vencidos.

—Me enteré de lo de la chica —continuó Halvorsen después de una larga pausa—. Cosas así no pasan aquí. No a menudo. Pero cuando pasan… —Se quedó en silencio, como si no supiera cómo terminar.

Cole frunció el ceño, sintiendo que había algo que el anciano no estaba diciendo. "Cuando lo hagan, ¿qué?"

Halvorsen sacudió la cabeza lentamente. "Algunas cosas es mejor dejarlas enterradas, hijo. Si empiezas a cavar, puede que no te guste lo que encuentres".

Fue una advertencia, pero Cole ya había tomado una decisión. Ya no había vuelta atrás. "Correré el riesgo".

Halvorsen suspiró, con los ojos llenos de una mezcla de tristeza y resignación. —Ten cuidado, Cole. Este lugar… tiene una forma especial de tragarse a la gente entera.

Mientras el anciano se alejaba, sus palabras quedaron flotando en el aire fresco de la noche. Cole se quedó allí un rato más, mirando la calle vacía, sabiendo que ya estaba demasiado metido en el asunto. Graymoor lo había llamado y, fuera lo que fuese lo que lo aguardaba en esos bosques, lo iba a encontrar.

Pero a medida que el pasado se acercaba cada vez más, no pudo evitar preguntarse: ¿sería suficiente para destruirlo de nuevo?

A la mañana siguiente, Cole regresó a la escena del crimen, decidido a examinarla centímetro a centímetro con nuevos ojos. La luz del amanecer se filtraba entre los densos árboles y proyectaba largas sombras sobre el claro donde se había encontrado el cuerpo de Emma Callahan. La policía ya había retirado el cuerpo, pero la sensación inquietante del lugar aún persistía.

Cole se agachó cerca del árbol donde había sido tallado el extraño símbolo. Trazó los bordes de la marca con los dedos, sintiendo las ásperas ranuras en la corteza. No era algo casual, era intencional, deliberado. Quienquiera que lo hubiera hecho quería que lo vieran.

—Los símbolos tienen que significar algo —murmuró—. ¿Pero qué?

Mientras se ponía de pie, algo le llamó la atención: un destello de luz que se reflejaba en el suelo cerca de la base del árbol. Se acercó un poco más y apartó con cuidado las hojas y la tierra. Allí, medio enterrado en la tierra, había un pequeño trozo de metal, ligeramente oxidado pero todavía intacto. Lo recogió y le dio vueltas en la mano. Era una llave vieja y desgastada, con una forma distintiva: una serie de ranuras intrincadas que indicaban que era para una cerradura, pero no una cerradura cualquiera. Parecía antigua.

—¿Qué diablos estabas escondiendo, Emma? —susurró Cole para sí mismo, guardándose la llave en el bolsillo.

En ese momento, se oyeron pasos detrás de él. Cole se giró y vio a Mia Spencer, la reportera local del pueblo, parada al borde del claro. Tenía una mirada penetrante, siempre buscando una historia, nunca rehuía una pregunta difícil. Era una niña cuando Cole se fue de Graymoor, pero ahora era una de las pocas que no había olvidado lo extrañas que eran las cosas en este pueblo.

—No esperaba verte aquí tan temprano —dijo, acercándose y con su cuaderno ya en la mano.

—Tampoco te esperaba a ti, Spencer —respondió Cole en

tono neutral. No estaba de humor para la cobertura de la prensa.

—Pensé que volverías a la ciudad para algo así —dijo Mia, mientras escrutaba la escena del crimen con la mirada—. Un asesinato como este… no es exactamente el tipo de cosas con las que Graymoor se enfrenta a menudo. Pensé que podrías tener una teoría.

—Todavía estoy juntando las piezas —dijo Cole, dándose la vuelta y esperando que ella entendiera la indirecta.

Pero Mia no era del tipo que se echa atrás fácilmente. "Escuché que encontraron algo extraño cerca del cuerpo. ¿Algún tipo de símbolo? La gente ya está hablando de eso, dicen que es parte de algún ritual".

Cole apretó la mandíbula. "La gente habla demasiado".

—Tal vez. Pero este lugar tiene sus secretos, detective. Usted lo sabe mejor que nadie.

La miró y sostuvo su mirada. No se equivocaba. En Graymoor siempre habían ocurrido sucesos extraños, historias susurradas por las generaciones anteriores, advertencias sobre los bosques y cosas que acechaban en las sombras. Pero Cole no tenía tiempo para viejas supersticiones. Tenía un asesinato que resolver y, ahora, una clave que descifrar.

"¿Algo más que quieras preguntar?" dijo Cole, esperando terminar la conversación.

Mia sonrió levemente. "Ya me conoces. Siempre busco la historia. Pero si está pasando algo más grave, Cole, vas a necesitar ayuda. Puede que no estés tan solo en esto como crees".

Cole no respondió. Observó cómo Mia se daba la vuelta y caminaba de regreso hacia el pueblo, dejándolo solo en el claro una vez más. Sacó la llave de su bolsillo y la hizo girar en su mano.

Fuera lo que fuese lo que abriera esa llave, era importante. Emma no había sido una víctima cualquiera. Había más en su historia, algo que había ocultado. Y esa llave era el primer paso para descubrir la verdad.

Pero mientras Cole permanecía allí, sintiendo el peso de la espada en su mano, no podía quitarse de encima la sensación de terror que le recorría la espalda. Cuanto más profundizaba en los secretos de Graymoor, más oscuros se volvían.

Y algo le dijo que esa llave no sólo iba a abrir una puerta: iba a abrir una caja de Pandora.

Un pueblo de secretos

Cole estaba sentado en su escritorio improvisado en la comisaría de policía de Graymoor, mirando la creciente pila de archivos que tenía delante. Cuanto más investigaba la vida de Emma Callahan, más preguntas tenía. La chica parecía una estudiante universitaria normal: buenas notas, una vida tranquila. No había nada en ella que indicara que había problemas y, sin embargo, había acabado muerta en el bosque en circunstancias que no parecían nada normales.

Abrió uno de los archivos y examinó la información reunida por la policía local. Las declaraciones de sus amigos, compañeros de trabajo y familiares pintaban la imagen de una chica de pueblo que había vuelto a casa durante el verano para ayudar con la ferretería en crisis de sus padres. Nada fuera de lo normal. Ninguna señal de alerta. Pero luego estaba la llave que había encontrado en la escena del crimen. No pertenecía a la casa de Emma ni a ningún lugar que la policía hubiera revisado. Fuera lo que fuese lo que abriera, no formaba parte de su vida cotidiana.

Cole se reclinó en su silla, la frustración lo carcomía. Tenía que haber algo que se le escapaba, alguna conexión que no veía. Tomó su cuaderno y anotó preguntas con su caligrafía apretada y deliberada.

- ¿Qué estaba haciendo Emma en el bosque?
- ¿Por qué el símbolo en el árbol?
- ¿A quién pertenece la llave?

Antes de que pudiera terminar, la puerta de su oficina se abrió con un crujido. El sheriff Miller entró con una expresión que mezclaba irritación y agotamiento.

"No tenemos nada", dijo Miller, dejando caer una carpeta delgada sobre el escritorio de Cole. "No hay pistas nuevas. Nadie en la ciudad sabe nada... o al menos, nadie habla de ello".

Cole ni siquiera se molestó en mirar la carpeta. "¿Crees que están ocultando algo?"

Miller se encogió de hombros, pero la tensión en sus hombros lo delató. "Este pueblo siempre ha sido bueno guardando secretos. La gente mantiene la cabeza gacha, se ocupa de sus asuntos. Pero hay algo en esto... que es diferente".

"La gente tiene miedo", respondió Cole, escribiendo una nota en el margen de su cuaderno. "Nunca antes habían tenido que lidiar con algo así".

"Exactamente. Y si saben algo, no nos lo van a decir a menos que se lo obliguemos a decir".

Cole levantó la vista y se encontró con la mirada de Miller.
—Tenemos que esforzarnos más. Alguien vio algo. Alguien sabe algo. Emma no estaba allí por pura casualidad.

Miller apretó los labios y, por un momento, Cole pensó que podría contraatacar, pero en lugar de eso, el sheriff suspiró. "No me gusta, pero tienes razón. Tenemos que empezar a interrogar a la gente de nuevo. Y hay alguien con quien aún no hemos hablado".

"¿Quién?", preguntó Cole, enderezándose en su silla.

Miller miró el expediente que había sobre el escritorio y

entrecerró los ojos. —Su ex novio, Adam Holt.

Cole arqueó una ceja. "No estaba en los informes iniciales".

"Eso es porque se fue de la ciudad hace unos meses. Tuvieron una ruptura complicada y él se fue a la universidad antes de tiempo. Pero se dice en la ciudad que regresó la semana pasada, justo antes de que Emma desapareciera".

La mente de Cole se puso a trabajar a toda velocidad. ¿Un ex novio que había reaparecido de repente justo antes de que asesinaran a Emma? Era una coincidencia demasiado grande como para ignorarla. "¿Dónde está ahora?"

"Sigue en la ciudad. Se aloja en casa de sus padres. Ya he enviado a alguien para que lo traiga y lo interrogue".

Cole asintió. —Bien. Es la primera pista que tenemos y tenemos que actuar rápido. Si sabe algo, lo que sea, tenemos que averiguarlo antes de que esta ciudad se cierre aún más.

Miller gruñó en señal de acuerdo, pero luego dudó, como si estuviera sopesando sus próximas palabras. "Mira, Cole… sé que hemos tenido nuestras diferencias. Pero este caso… es más grande que cualquiera de nosotros. Si no llegamos al fondo de esto, sólo empeorará".

Cole se puso de pie y tomó su chaqueta del respaldo de la silla. —Entonces será mejor que nos pongamos a trabajar.

Mientras se dirigían hacia la puerta, Cole no podía quitarse de la cabeza la sensación de que en Graymoor estaba ocurriendo algo más que un asesinato. Esta ciudad estaba construida sobre secretos y la muerte de Emma Callahan era solo el comienzo de algo más oscuro. Algo que llevaba años enconándose, esperando el momento adecuado para revelarse.

Y fuera lo que fuese, Cole estaba a punto de abrirlo de par en par.

Mientras Cole y Miller salían de la comisaría, el familiar

crujido de la radio de la policía cobró vida de repente en el coche patrulla del sheriff. Una voz, tensa y apresurada, se escuchó entre la estática.

—Sheriff, tenemos otro problema —se oyó la voz del agente Harris por la radio—. Ha desaparecido otra niña. Anna Weller. Tiene diecisiete años. Sus padres acaban de avisar.

Los ojos de Miller brillaron alarmados y Cole sintió inmediatamente que se le hacía un nudo en el estómago. ¿Otra persona desaparecida justo después del asesinato de Emma Callahan? No se podía ignorar el momento.

"¿Dónde la vieron por última vez?", preguntó Miller mientras tomaba la radio del tablero.

"Sus padres dijeron que salió de la casa al anochecer para encontrarse con amigos, pero nunca regresó. Han estado tratando de comunicarse con ella toda la noche. Su teléfono está apagado", respondió Harris con voz tensa. "Les preocupa que haya ido al bosque".

La mente de Cole ya estaba a mil por hora. El bosque otra vez. Era el mismo lugar donde habían encontrado a Emma, ¿y ahora faltaba otra adolescente? Algo no estaba bien: estas desapariciones no eran al azar. Quienquiera que fuera el responsable no estaba acabado.

"Me dirigiré hacia allá ahora", dijo Miller, volviéndose hacia Cole con una mirada sombría. "Necesitamos hablar con sus padres, ver si hay alguna conexión con Emma".

Cole asintió, pero sus pensamientos ya estaban un paso por delante. Si esa era la misma persona que había matado a Emma, estaban moviéndose rápido. Demasiado rápido. "Iré contigo. Necesitamos averiguar si Anna sabía algo sobre Emma. Tal vez vio algo que no debía".

Miller asintió brevemente y ambos subieron al coche patrulla.

Mientras recorrían a toda velocidad las estrechas calles de Graymoor, las oscuras sombras de la ciudad parecían extenderse, como si el lugar mismo estuviera conspirando para mantener ocultos sus secretos.

Cuando llegaron a la residencia de los Weller, la casa estaba iluminada como un faro en la oscuridad, pero la atmósfera en el interior no era nada cálida. El señor y la señora Weller, una pareja de mediana edad con la preocupación grabada en sus rostros, estaban de pie junto a la puerta principal, abrazados. Los ojos de la señora Weller estaban rojos de tanto llorar y su voz temblaba mientras hablaba.

"Nunca había hecho esto antes", dijo la señora Weller, mientras sus manos se retorcían nerviosamente. "Anna siempre se comunica cuando sale tarde. Se suponía que debía haber regresado hace horas".

Miller dio un paso adelante, con voz tranquila pero firme. "¿Mencionó algo inusual últimamente? ¿Alguien nuevo con quien pasara tiempo?"

La señora Weller negó con la cabeza. "No... tiene un pequeño grupo de amigos. Se suponía que se encontrarían en el restaurante, pero ninguno de ellos la vio. Nunca apareció".

Cole se inclinó ligeramente. "¿Anna conocía a Emma Callahan?"

El señor Weller parecía confundido. "¿Emma? No lo creo. Anna nunca la mencionó".

—¿Ni siquiera de pasada? ¿No tenían amigos en común? —insistió Cole.

La señora Weller dudó un momento y luego miró a su marido. "Bueno... Anna mencionó que se enteró de la muerte de Emma. Todo el mundo en el pueblo ha estado hablando de ello. Pero no parecía conocerla personalmente".

Cole intercambió una mirada con Miller. Algo seguía sin cuadrar. Dos chicas, de edades parecidas, desaparecieron casi al mismo tiempo: una fue encontrada muerta, la otra ahora está desaparecida. Tenía que haber una conexión, aunque no fuera inmediatamente obvia.

—La encontraremos —dijo Cole, en tono bajo pero decidido—. Pero tenemos que actuar rápido. ¿Había algún lugar al que a Anna le gustaba ir cuando necesitaba tiempo a solas? ¿Algún lugar al que pudiera haber ido sin decirle a nadie?

La señora Weller se mordió el labio y pensó mucho: "Le encantaba el lago… pero está a kilómetros de distancia y nunca iría sola allí de noche".

—¿El bosque? —preguntó Cole con voz tensa.

Los ojos de la señora Weller se llenaron de nuevas lágrimas. "Ella solía ir allí cuando era más joven, pero no hace mucho. No desde que las historias sobre esos bosques comenzaron a difundirse nuevamente".

El pulso de Cole se aceleró. "¿Qué historias?"

El señor Weller interrumpió con expresión sombría: "Es sólo el folclore de la ciudad, cosas sobre bosques malditos o embrujados. Son tonterías. Pero después de lo que le pasó a esa chica Callahan, la gente está empezando a asustarse de nuevo".

Cole asintió, pero la sensación en sus entrañas le decía que no era una tontería. Ya no. Había algo ahí fuera, en esos bosques, algo que ya se había cobrado una vida… y ahora se había llevado a otra chica.

—Reunamos un equipo de búsqueda —dijo Miller, con su voz interrumpiendo los pensamientos de Cole—. No podemos perder el tiempo. Si Anna está ahí fuera, tenemos que encontrarla antes de que sea demasiado tarde.

Mientras Cole y Miller salían de la casa de los Weller, el

peso de la situación pesaba sobre los hombros de Cole. Otro adolescente desaparecido. El mismo bosque. El mismo miedo flotando en el aire. Ya no se trataba solo de encontrar a un asesino, sino de detenerlo antes de que atacara de nuevo.

Porque si Anna Weller todavía estaba allí, el tiempo se acababa.

Al mediodía, la búsqueda de Anna Weller estaba en pleno apogeo. Los agentes peinaron el bosque cerca del lugar donde se había encontrado el cuerpo de Emma Callahan, pero hasta el momento no habían encontrado nada. La tensión en la ciudad iba en aumento y los susurros se hacían más fuertes con cada hora que pasaba. La gente estaba asustada y el miedo tenía una forma de sacar lo peor en una comunidad pequeña y unida como Graymoor.

Cole estaba de nuevo en la comisaría, repasando los informes de los testigos del asesinato de Emma, cuando un golpe en la puerta interrumpió sus pensamientos. Era el agente Harris, que parecía más ansioso que de costumbre.

—Detective, hay alguien aquí que quiere verlo —dijo Harris en voz baja—. Dice que sabe algo sobre el caso.

Cole frunció el ceño. "¿Quién es?"

Harris miró por encima del hombro como si no quisiera pronunciar el nombre en voz alta. "Tommy Harper".

Cole se quedó paralizado por un segundo. El nombre le sonaba familiar. Tommy Harper siempre había sido el ermitaño del pueblo, el tipo de hombre que se mantenía apartado y vivía solo en una pequeña cabaña a las afueras de la parte principal del pueblo. La gente murmuraba sobre él, decían que estaba loco o que había visto cosas en el bosque que nadie más había visto. Pero Cole nunca había dado mucha importancia a esos rumores.

"Hazlo pasar", dijo Cole, levantándose de su escritorio.

Un momento después, Tommy entró en la habitación arrastrando los pies. Ya era mayor, tenía el rostro más arrugado y el pelo más gris de lo que Cole recordaba. Estaba ligeramente encorvado, como si el peso de sus propios pensamientos lo oprimiera. Sus ojos recorrían la habitación con nerviosismo, sin detenerse en nada durante demasiado tiempo.

—Tommy —saludó Cole, señalando la silla que estaba frente a él—. Toma asiento.

Tommy dudó antes de sentarse, moviendo las manos nerviosamente en su regazo. Parecía incómodo, como si no quisiera estar allí, pero algo lo había empujado a venir.

—Dijiste que tenías información sobre el asesinato —insistió Cole, inclinándose ligeramente hacia delante—. ¿Qué sabes?

La mirada de Tommy finalmente se fijó en Cole y su voz salió en un susurro bajo y tembloroso. "Vi algo… la noche en que asesinaron a Emma".

A Cole se le aceleró el pulso, pero mantuvo la calma. "Continúa."

Tommy tragó saliva con fuerza y sus manos temblaban mientras hablaba. —Estaba en el bosque esa noche. A veces voy caminando hasta tarde, solo para tomar un poco de aire. Estaba en el viejo sendero cerca del arroyo, el que ya casi no se usa. Y… la vi.

Cole entrecerró los ojos. "¿Emma?"

Tommy asintió rápidamente. —Estaba con alguien. Un hombre. No podía ver su rostro, estaba oscuro y estaban demasiado lejos. Pero estaban discutiendo. La oí decir algo, algo sobre un secreto. Estaba asustada, muy asustada. Y entonces… —Su voz se fue apagando, sus manos agarrando el borde de la silla.

El corazón de Cole se aceleró. "¿Y luego qué, Tommy?"

Tommy abrió mucho los ojos y sacudió la cabeza. Su voz apenas era un susurro. —Y entonces ella corrió. Corrió hacia el interior del bosque y el hombre la siguió.

La mente de Cole trabajaba a toda velocidad mientras procesaba la información. Era la primera vez que alguien contaba detalles sobre esa noche. "¿Por qué no lo hiciste antes?"

Tommy miró hacia otro lado, pálido. "Tenía miedo. No quería involucrarme. Pero después de enterarme de lo de Anna… no pude quedarme callado por más tiempo".

Cole apretó la mandíbula. "¿Viste lo que pasó después de que huyeron?"

Tommy negó con la cabeza. —No. Los perdí de vista después de eso. Pero… había algo más. —Hizo una pausa y respiró profundamente antes de continuar—. Cuando me acerqué al lugar donde habían estado, encontré algo en el suelo. No sabía qué era en ese momento, pero ahora creo que podría ser importante.

Cole se inclinó. "¿Qué encontraste?"

Tommy metió la mano en el bolsillo de su abrigo y sacó un objeto pequeño, colocándolo sobre el escritorio frente a Cole. Era un medallón, viejo y deslustrado, con una delicada cadena que se había roto. Cole lo recogió e inspeccionó el intrincado diseño del frente: un patrón familiar, uno que había visto antes. Era el mismo símbolo que había sido tallado en el árbol junto al cuerpo de Emma.

—¿Dónde exactamente encontraste esto? —preguntó Cole, con voz tensa y urgente.

—Cerca del arroyo, donde estaban discutiendo —respondió Tommy, con la voz todavía temblorosa—. Al principio no sabía qué era, pero después de oír hablar del símbolo, pensé que tal vez significara algo.

Cole se recostó en su asiento, con el peso del relicario en la mano. No se trataba de una joya cualquiera. Estaba relacionada con los asesinatos, con el asesino y tal vez incluso con los oscuros secretos que Graymoor ocultaba. El símbolo del relicario coincidía con el que estaba cerca del cuerpo de Emma, pero ¿qué significaba? ¿Y por qué lo llevaba Emma?

—Gracias, Tommy —dijo Cole, con voz más tranquila—. Esto podría ser importante.

Tommy asintió y sintió alivio en el rostro. "Solo... espero que sirva. No quiero ver que nadie más salga lastimado".

Mientras Tommy salía de la oficina, Cole miró el medallón, que pesaba sobre su palma. Tenía una nueva pista, pero con ella surgieron más preguntas. ¿Quién había estado con Emma esa noche? ¿De qué secreto había estado huyendo? ¿Y qué relación tenía este símbolo con la creciente oscuridad en Graymoor?

Una cosa estaba clara: la clave para resolver estos asesinatos estaba oculta en el pasado, enterrada en lo más profundo de los secretos de la ciudad. Y Cole iba a tener que investigar cada uno de ellos para encontrar la verdad.

Más tarde, esa misma tarde, Cole regresó a la estación, con la mente aún llena de información nueva de Tommy Harper. El medallón parecía una pieza crucial del rompecabezas, pero su significado exacto seguía siendo difícil de entender. Necesitaba más tiempo para unir los puntos, pero no tenía mucho tiempo, especialmente con un segundo adolescente desaparecido.

Mientras estaba sentado en su escritorio, tomando notas e intentando trazar una línea de tiempo, la puerta de su oficina se abrió de golpe. El alcalde Simmons entró a grandes zancadas, con el ceño fruncido, el tipo de expresión que inmediatamente le indicó a Cole que no se trataba de una visita amistosa.

—Detective Cole —saludó Simmons con voz tensa—. Necesitamos hablar.

Cole se reclinó en su silla, tratando de disimular su irritación. Tenía un trabajo que hacer y una reunión con el alcalde no estaba entre sus prioridades. "¿Qué puedo hacer por usted, alcalde?"

Simmons no perdió tiempo, cruzó la sala y se sentó frente a Cole. Se alisó el traje a medida, tratando de parecer tranquilo, pero sus ojos delataban su ansiedad. "Estoy aquí porque esta situación se está saliendo de control. Primero Emma Callahan, ahora Anna Weller. La ciudad está nerviosa y la gente está empezando a entrar en pánico".

"Estoy al tanto", dijo Cole, manteniendo un tono comedido. "Estamos haciendo todo lo que podemos. Tenemos equipos de búsqueda en el bosque buscando a Anna y estamos siguiendo todas las pistas".

Simmons frunció aún más el ceño, claramente insatisfecho con esa respuesta. "No es suficiente. Esta ciudad no puede soportar una crisis total. Los medios ya están husmeando por ahí, y si se enteran de una segunda desaparición relacionada con la primera, vamos a tener un verdadero problema en nuestras manos".

Cole podía sentir la irritación familiar burbujeando bajo la superficie. Había tratado con alcaldes como Simmons antes, hombres que estaban más preocupados por la apariencia y la imagen pública que por la verdad. "Con el debido respeto, alcalde, mi prioridad es averiguar qué les pasó a estas chicas y evitar que alguien más salga lastimado. Los medios son la menor de mis preocupaciones en este momento".

Los ojos de Simmons se endurecieron. "Su prioridad debería ser resolver esto rápidamente y en silencio. Si este caso se prolonga, el daño a Graymoor será irreversible. Esta ciudad prospera gracias a su reputación, a ser un lugar tranquilo y seguro. Si la gente piensa que hay un asesino suelto, nos arruinará".

Cole miró fijamente al alcalde, su frustración ahora era totalmente evidente. "Tenemos *un* asesino suelto. Y ahora mismo, no me preocupa salvar la reputación de la ciudad. Me preocupa salvar vidas".

Por un momento, Simmons pareció querer discutir, pero en lugar de eso respiró profundamente y bajó la voz. "Mira, Cole, entiendo que estás haciendo tu trabajo y lo aprecio. Pero ya no eres de aquí. No entiendes lo que significa para la gente ver cómo se desmorona esta ciudad. Si Graymoor se derrumba, todos los que viven allí también lo harán".

Cole apretó la mandíbula. —Sé más sobre esta ciudad de lo que cree, alcalde. Y créame, no son los medios ni los rumores los que harán caer a Graymoor. Son los secretos que la gente esconde.

Simmons se estremeció levemente, como si Cole hubiera tocado una fibra sensible. El silencio se hizo pesado entre ellos antes de que el alcalde volviera a hablar, en un tono más bajo, casi suplicante. "Solo quiero que esta pesadilla termine. No me importa cómo lo hagas, pero arréglalo. Y hazlo pronto".

La mirada de Cole no vaciló en ningún momento. "Lo resolveré, alcalde. Pero lo haré de la manera correcta".

Simmons se levantó de golpe, claramente frustrado por no poder presionar a Cole para que trabajara más rápido. "Asegúrate de hacerlo. La ciudad cuenta contigo". Dicho esto, giró sobre sus talones y salió de la oficina, cerrando la puerta de golpe detrás de él.

Cole exhaló y se frotó las sienes. La presión del alcalde no era nada nuevo, pero no hacía que la situación fuera más fácil. Sabía que la ciudad estaba nerviosa, que el miedo se estaba extendiendo más rápido de lo que él podía contenerlo, pero no iba a tomar atajos ni a apresurar la investigación sólo para apaciguar a un político.

Su atención tenía que centrarse en los hechos, en la verdad. Había algo oscuro escondido en Graymoor y no iba a ser revelado jugando a la política. El tiempo corría, pero tenía que hacerlo bien, incluso si eso significaba pisar algunos pies poderosos en el camino.

Con las advertencias del alcalde todavía resonando en su cabeza, Cole tomó el medallón de su escritorio y pasó el pulgar sobre el extraño símbolo grabado en su superficie. Esa era la clave, podía sentirla. Y a pesar de la creciente presión, sabía una cosa con certeza: no iba a permitir que nadie le impidiera descubrir la verdad. Ni el alcalde, ni la ciudad, y ciertamente no el asesino.

Cole estaba sentado en la sala de conferencias poco iluminada de la comisaría de policía de Graymoor, con los archivos esparcidos frente a él como un rompecabezas que se negaba a encajar. El asesinato de Emma Callahan era solo la primera pieza, y ahora que Anna Weller estaba desaparecida, el rompecabezas se estaba volviendo más oscuro. Pero había algo más, algo que le carcomía la mente y que le decía que no era la primera vez que Graymoor veía ese tipo de horror.

Se reclinó en su silla y hojeó viejos recortes de periódicos e informes policiales. Cuanto más retrocedía, más inquietante se volvía el patrón. En los últimos treinta años, Graymoor había presenciado un puñado de desapariciones, todas de mujeres jóvenes, aparentemente sin conexión alguna... hasta ahora.

El primer caso se produjo en 1991, cuando una joven llamada

Laura Turner, de tan solo 19 años, desapareció sin dejar rastro después de un festival de verano. La ciudad la había buscado durante semanas, pero nunca encontraron el cuerpo. Luego, en 2004, otra joven, Katie Simmons, desapareció en circunstancias similares, dejando tras de sí solo susurros y preguntas sin respuesta. Todos los casos habían sido descartados como tragedias aisladas e inconexas, pero Cole ya no estaba tan seguro.

Se inclinó hacia delante y sacó un informe sobre Katie Simmons. Su caso había sido manejado de manera descuidada: no había pistas de seguimiento, no había sospechosos, solo otro misterio sin resolver en la historia de la ciudad. Revisó los detalles, entrecerrando los ojos. Katie había sido vista por última vez caminando a casa desde el restaurante, tarde por la noche. El mismo restaurante que Emma Callahan frecuentaba. Y ahora Anna Weller había desaparecido, posiblemente dirigiéndose hacia el bosque que se había tragado a las demás.

No podía ignorar las inquietantes similitudes entre las desapariciones. Tomó un bolígrafo y anotó las fechas y los nombres, mientras su mente corría para unir los puntos:

- 1991: Laura Turner (19) - Desaparecida, nunca encontrada.
- 2004: Katie Simmons (18) - Desaparecida, nunca encontrada.
- 2023: Emma Callahan (20) - Asesinada, cuerpo encontrado en el bosque.
- 2023: Anna Weller (17) - Desaparecida, ubicación desconocida.

Todas mujeres jóvenes, todas de cierta edad, todas conectadas por una sensación de algo inacabado, algo oculto en las sombras de Graymoor.

De repente, la puerta se abrió con un chirrido y entró Mia Spencer, la reportera de la ciudad. Tenía una manera especial de escabullirse entre los agentes cuando quería una exclusiva. "Has estado en silencio", dijo, apoyándose en el marco de la puerta. "Eso es una buena señal o una muy mala".

Cole no levantó la vista de los archivos. "Depende de lo que entiendas por malo".

Mia cruzó la habitación y miró los nombres y las fechas que había garabateado en una hoja de papel. —Lo sabía —dijo en voz baja—. Sabía que no se trataba solo de Emma.

Cole la miró fijamente. "¿Qué quieres decir?"

Ella acercó una silla a su lado, con expresión seria. "He estado investigando la historia de la ciudad en busca de una historia, y encontré algo extraño: un patrón de desapariciones. Nadie ha hablado de ello, no en años. Pero está ahí, en los archivos. Chicas jóvenes desaparecen cada década más o menos, y la ciudad simplemente... olvida. Es como si nadie quisiera recordar".

Cole apretó la mandíbula. "No se trata de olvidar. Se trata de esconderse".

Mia lo miró a los ojos y entrecerró los ojos. —Crees que todo está relacionado, ¿no? Que lo que le pasó a Emma y a Anna es parte de algo más grande.

—No lo creo —dijo Cole en voz baja—. Lo sé. Este pueblo ha estado ocultando secretos durante mucho tiempo y ahora están empezando a salir a la luz.

Mia se acercó más y su voz se convirtió en un susurro. —Hay más, Cole. Encontré un viejo informe policial de los años 90. Menciona símbolos extraños tallados en árboles cerca de donde Laura Turner fue vista por última vez. El mismo símbolo que encontraste cerca del cuerpo de Emma.

Los ojos de Cole se abrieron de par en par. "¿Estás seguro?"

Mia asintió. "Estoy segura. Fui a la biblioteca para comprobarlo. La policía de entonces no creyó que fuera importante; sólo unos chavales haciendo el tonto, según dijeron. Pero ahora... es más que una coincidencia".

Cole exhaló lentamente, sintiendo el peso del descubrimiento sobre él. Los símbolos, las chicas desaparecidas, los asesinatos... todo estaba conectado. Graymoor no era solo un pequeño pueblo tranquilo con actos de violencia esporádicos. Algo había estado supurando allí durante décadas, y nadie se había molestado en detenerlo.

—Lo sabían —murmuró Cole, más para sí mismo que para Mia—. La gente de este pueblo, las autoridades... sabían que algo iba mal, pero no querían ocuparse de ello.

"O tenían demasiado miedo", añadió Mia. "En pueblos pequeños como este... prefieren esconderlo todo bajo la alfombra antes que enfrentarse a la verdad".

Cole asintió, sintiendo que la ira crecía en su interior. "Bueno, ya no más. Vamos a sacarlo todo a la luz, sin importar lo que cueste".

Mientras Mia lo observaba, un atisbo de duda se dibujó en su rostro. "¿Crees que quienquiera que esté detrás de esto todavía está ahí afuera? ¿Que es la misma persona responsable de todas estas desapariciones?"

Cole no respondió de inmediato, mientras su mente daba vueltas a las posibilidades. "Tal vez. O tal vez sea algo más grande que una sola persona. Tal vez sea algo que esté profundamente arraigado en la historia del pueblo, algo que se ha transmitido de generación en generación".

Los ojos de Mia se abrieron de par en par. "¿Como una especie de secta?"

Cole sacudió la cabeza. "Todavía no lo sé. Pero sea lo que sea, ha estado ocurriendo durante demasiado tiempo. Y ahora vamos a abrirlo de par en par".

Mia asintió con voz firme. "Estoy contigo. Lo que necesites".

Cole apreció el sentimiento, pero sabía que esto estaba lejos de terminar. Había demasiadas preguntas sin respuesta, demasiadas piezas que aún faltaban. Y con la vida de Anna Weller en juego, cada segundo contaba.

Se puso de pie y agarró su chaqueta. "Tenemos que volver al bosque y seguir los pasos de todos los que desaparecieron allí. Si hay un patrón, lo encontraremos".

Mia se puso de pie junto a él, dispuesta a seguirlo. "Esperemos que no lleguemos demasiado tarde".

Cole asintió con tristeza mientras se dirigían hacia la puerta. El patrón inquietante que habían descubierto era solo el comienzo. Fuera lo que fuese lo que se escondía en los bosques de Graymoor, aún no estaba terminado. Y él tampoco.

Fantasmas del pasado

La noche estaba inusualmente tranquila cuando Cole regresó a la pequeña casa que había alquilado en las afueras de la ciudad. El silencio era opresivo, cargado con el peso de los recuerdos que había intentado enterrar. Pero Graymoor tenía una manera de desenterrarlos, quisiera enfrentarlos o no.

Tiró la chaqueta sobre una silla y se hundió en el sofá desgastado, frotándose las sienes. La luz parpadeante del televisor proyectaba sombras en la habitación, pero él no la estaba mirando. Su mente estaba muy lejos, retrocediendo a un tiempo que había jurado no volver a vivir.

La obra

Su nombre resonó en su cabeza, sin invitación ni bienvenida. El rostro de su hermana apareció en primer plano en sus pensamientos, como todas las noches desde que desapareció. Tenía solo diecisiete años, estaba llena de vida y risas. Los dos habían sido inseparables durante su infancia, su vínculo era inquebrantable. Pero entonces, en una noche muy parecida a esa, ella había desaparecido. En un momento estaba allí y al siguiente, se había ido.

La policía había buscado, por supuesto. Habían registrado el bosque, interrogado a todos los habitantes del pueblo, pero nadie sabía nada y Lana simplemente había desaparecido, como tantos otros en la oscura historia de Graymoor. Fue el caso que alejó a Cole de ese pueblo y el que lo había perseguido desde entonces.

Había intentado seguir adelante. Había dejado Graymoor, se había sumergido en el trabajo y había construido una carrera que lo mantenía alejado del lugar que le había robado a su hermana. Pero sin importar cuántos kilómetros pusiera entre él y Graymoor, los fantasmas lo habían seguido. Cada caso sin resolver, cada persona desaparecida, lo habían traído de vuelta a Lana.

Y ahora, con la muerte de Emma y la desaparición de Anna, era como si el pasado se hubiera derrumbado sobre él una vez más.

Cole se puso de pie y caminó hacia la pequeña ventana, mirando hacia la noche. El contorno oscuro del bosque se vislumbraba en la distancia, y un escalofrío le recorrió la espalda. El bosque siempre le había parecido vivo, como si estuviera observando, esperando. Todavía podía recordar el día en que encontraron la bicicleta de Lana, abandonada en el borde de ese mismo bosque, como si ella la hubiera dejado allí y se hubiera adentrado en los árboles para no volver jamás.

Habían pasado años, pero el dolor de perderla no se había desvanecido. En todo caso, se había agudizado con el tiempo. Él le había fallado. Había prometido protegerla y había fallado.

Apretó los puños y tensó la mandíbula. Ese fracaso lo había impulsado durante años, empujándolo a una carrera en la que podía salvar a otros. Pero ahora, de vuelta en Graymoor, con otra chica desaparecida, las viejas heridas se estaban reabriendo. El miedo, la culpa, la impotencia… todo volvía a aparecer.

"Se ha ido, Cole", murmuró para sí mismo. "Lana se ha ido y

no pudiste salvarla".

Cerró los ojos con fuerza, luchando contra los recuerdos, pero estos eran implacables. La imagen de Lana, sonriéndole la mañana antes de desaparecer, lo perseguía. Había sido su hermano mayor, su protector, y la había decepcionado.

Ahora, con la vida de Anna en juego, esa misma sensación aplastante de responsabilidad lo agobiaba. No podía volver a fracasar. No podía permitir que otra familia perdiera a alguien a quien amaba, no como él había perdido a Lana. Pero con cada hora que pasaba, el miedo se hacía más intenso. El bosque, el símbolo, las chicas desaparecidas... todo parecía estar conectado. Pero la respuesta, fuera lo que fuese, parecía estar fuera de su alcance, atormentándolo.

Un golpe en la puerta lo sacó de sus pensamientos. Miró el reloj: era tarde. Demasiado tarde para recibir visitas. Se acercó a la puerta y la desbloqueó con cuidado antes de abrirla.

Mia estaba parada al otro lado, con el rostro iluminado por la tenue luz del porche. Parecía cansada, sus rasgos habitualmente marcados estaban suavizados por la preocupación.

"Pensé que todavía estarías despierto", dijo en voz baja.

—Entra —respondió Cole, haciéndose a un lado para dejarla entrar.

Echó un vistazo a la pequeña sala de estar, escasamente amueblada, antes de acomodarse en una de las sillas. "He estado investigando un poco más, tratando de averiguar qué conecta a todas estas chicas".

Cole se sentó frente a ella, frotándose la nuca. "¿Y?"

Mia suspiró. —Todavía no hay nada concreto, pero... encontré algo en un antiguo registro de la ciudad. Cuando tu hermana desapareció, había rumores. La gente hablaba de los bosques, de cosas extrañas que sucedían allí. Decían que había lugares a los que la gente iba y nunca volvía.

A Cole se le revolvió el estómago. Había oído esos rumores antes, susurrados por la gente mayor del pueblo, pero nunca los había creído. O al menos, no había querido hacerlo.

"¿Qué clase de cosas?" preguntó en voz baja.

—Son desapariciones, en su mayoría, que se remontan a décadas atrás. Es como un patrón oscuro, y la ciudad lo ha estado ocultando durante años. —Hizo una pausa y suavizó la voz—. Cole, creo que aquí está pasando algo más que un asesino. Creo que lo que le haya pasado a Lana… está relacionado con lo que está sucediendo ahora.

Se le cortó la respiración y las palabras le golpearon más fuerte de lo que esperaba. Había pasado años intentando separar la desaparición de Lana de su trabajo, de su vida. Pero en el fondo, siempre había sabido que había algo más.

—Tal vez —dijo finalmente, con voz tensa—. Pero no voy a perder a nadie más. No otra vez.

Mia lo miró con una expresión llena de comprensión. "La encontraremos, Cole. Encontraremos a Anna y averiguaremos qué está pasando realmente".

Cole asintió, aunque el peso del pasado lo oprimía con fuerza. Encontrar a Anna era más que resolver un caso: era una oportunidad de enfrentarse finalmente a los demonios que lo habían perseguido durante años.

Pero mientras miraba fijamente hacia la noche, hacia el bosque que tanto le había quitado, no podía deshacerse de la sensación de que lo que lo esperaba allí no lo dejaría ir sin luchar.

A la mañana siguiente, Cole se encontró de pie en la pequeña y polvorienta habitación que servía como archivo histórico de Graymoor. La biblioteca local estaba junto a ella, pero esa sección parecía en gran parte olvidada, con estantes que se hundían bajo el peso de viejos registros y periódicos amarillentos por el paso del tiempo. La habitación olía a moho y a tiempo, y la tenue luz que entraba por las ventanas no contribuía a iluminar el espacio sombrío.

Mia se había unido a él, ya estaba revisando pilas de documentos, con su portátil abierto sobre una mesa mientras transcribía todo lo que encontraba útil. Cole no había vuelto allí desde que era un niño, cuando Lana lo arrastraba a la biblioteca para que la ayudara con los proyectos escolares. En ese momento no le había dado mucha importancia, pero ahora parecía como si las respuestas que buscaban hubieran estado justo debajo de sus narices todo el tiempo.

—Encontré algo —gritó Mia, sacando a Cole de sus pensamientos. Le acercó un gran libro encuadernado en cuero—. Échale un vistazo.

Cole se acercó a la mesa y miró la página que ella había abierto. Era un viejo libro de contabilidad municipal, que databa de hace casi setenta años. Garabateado con tinta descolorida había una lista de nombres, la mayoría de ellos desconocidos, excepto uno que se destacaba: **Margaret Hale.**

Frunció el ceño mientras pasaba las páginas. "¿Quién es Margaret Hale?"

Mia le acercó un expediente. "Eso es lo que yo también me preguntaba. Resulta que Margaret Hale era maestra de escuela aquí en Graymoor. Pero en 1956 desapareció en circunstancias misteriosas. Según los registros, la última vez que la vieron fue caminando por el bosque una tarde. Su cuerpo nunca fue encontrado".

Cole sintió un escalofrío que le recorrió la espalda. —Otra desaparición. El mismo patrón.

—Exactamente —dijo Mia, con tono serio—. Y no es el único. He encontrado al menos otros tres casos de mujeres desaparecidas en la historia de Graymoor, todas ellas en circunstancias similares. Los detalles son siempre vagos, pero el patrón está ahí: mujeres jóvenes, todas ellas desapareciendo en el bosque o cerca de él.

Cole pasó a otra sección del libro y lo hojeó rápidamente. Sus ojos se detuvieron en un pasaje sobre el folclore local. "Hay algo más", dijo, con voz más tranquila. "Las leyendas sobre los bosques se remontan incluso a antes. Hay una historia aquí sobre un grupo de colonos que desaparecieron en el siglo XIX, poco después de establecer un pequeño pueblo cerca del arroyo. La explicación oficial es que murieron a causa del mal tiempo o de animales salvajes, pero los rumores… dicen algo más siniestro".

—Más oscuro, ¿cómo qué? —preguntó Mia inclinándose.

Cole leyó en voz alta el pasaje y sus palabras provocaron un escalofrío en la habitación. "Se dice que el bosque está maldito, embrujado por espíritus que reclaman las almas de los perdidos. Los aldeanos hablaban de luces extrañas en el bosque y susurros que podían volver loca a una persona. Aquellos que se adentraban demasiado en los árboles nunca volvían a ser vistos".

El rostro de Mia palideció levemente. "Eso me suena inquietantemente familiar".

—Es demasiado familiar —convino Cole—. Cada desaparición, cada asesinato, todo está relacionado con el bosque. Y el pueblo lo ha estado ocultando durante generaciones. La gente no quiere hablar de ello, pero saben que aquí algo no va bien.

Cerró el libro de contabilidad, mientras su mente daba vueltas con el peso de la oscura historia de la ciudad. "Es como si cada pocas décadas, esta cosa, sea lo que sea, se llevara a alguien. Y ahora está sucediendo de nuevo".

Mia se recostó en su asiento y se frotó las sienes. "No es solo mala suerte o violencia aleatoria. Hay un patrón, un ciclo. Y de alguna manera, esos símbolos que encontramos, los de los árboles y el relicario, están conectados con él".

Los pensamientos de Cole se dirigieron inmediatamente al relicario que Tommy Harper había encontrado cerca de la escena del crimen. El extraño símbolo grabado en su superficie era antiguo, más antiguo que cualquiera de las desapariciones que habían descubierto. Había estado esperando que fuera solo una coincidencia, pero ahora parecía la clave de todo.

Miró a Mia. "Tenemos que averiguar qué significan esos símbolos. Si podemos entenderlos, tal vez podamos averiguar quién o qué está detrás de todo esto".

Mia asintió con la cabeza, su determinación era evidente. "Seguiré investigando. Debe haber algo en estos registros que explique lo que realmente está sucediendo aquí".

Mientras ella volvía a examinar los documentos, Cole se levantó y caminó hacia la ventana, contemplando la tranquila ciudad que se extendía a sus pies. Desde ese ángulo, Graymoor parecía pacífica, idílica incluso. Pero debajo de la superficie, estaba claro que la ciudad había estado viviendo con un oscuro secreto durante generaciones. Y ahora, ese secreto estaba resurgiendo, cobrándose más víctimas.

El peso de todo aquello lo oprimía. Durante años se había preguntado por qué había desaparecido Lana, por qué se la habían arrebatado. Ahora, con cada fragmento de historia que descubrían, se hacía más evidente que Lana había sido parte de algo mucho más grande, algo que Cole no podía entender en ese entonces. Pero ahora estaba empezando a entender.

Los bosques no sólo eran peligrosos, sino que estaban malditos, ligados a una fuerza ancestral que había estado cobrando vidas durante mucho más tiempo del que nadie recordaba. Y el pueblo, por miedo o por negación, había hecho la vista gorda ante la verdad.

Pero ya no era así. Cole no iba a permitir que la historia de Graymoor se repitiera. No iba a permitir que Anna se convirtiera en un nombre más en una lista de víctimas olvidadas.

Se volvió hacia Mia y dijo: "Sigamos buscando. Si podemos averiguar qué sucedió en el pasado, tal vez podamos evitar que vuelva a suceder".

Mia asintió con determinación y juntos volvieron a trabajar, sumergiéndose más profundamente en el pasado olvidado de la ciudad, sabiendo que en algún lugar de esos viejos registros polvorientos estaba la clave para detener lo que fuera que acechaba en las sombras de Graymoor.

Cole apenas había salido de los archivos, con la mente aún dando vueltas por los inquietantes descubrimientos sobre la oscura historia de Graymoor, cuando sonó su teléfono. El nombre del sheriff Miller apareció en la pantalla.

—Genial —murmuró Cole en voz baja. Sabía lo que se avecinaba: Miller había estado nervioso desde la llegada de Cole y las cosas estaban a punto de empeorar. Presionó el botón de respuesta y se llevó el teléfono a la oreja.

—Cole, ven a mi oficina ahora mismo —dijo Miller con voz cortante, sin margen para la negociación.

"Ya me voy", respondió Cole, colgando antes de que Miller pudiera decir nada más. Tenía la sensación de que no iba a ser una conversación amistosa.

Quince minutos después, Cole entró en la comisaría de

policía de Graymoor. El ambiente estaba cargado de tensión. Los agentes evitaron el contacto visual mientras atravesaba el pasillo, como si supieran que algo se estaba gestando entre él y el sheriff. Llamó una vez a la puerta de la oficina de Miller y la abrió sin esperar respuesta.

Miller estaba de pie detrás de su escritorio, con los brazos cruzados y su rostro era una máscara de ira controlada. "Cierra la puerta".

Cole hizo lo que le dijeron y se apoyó contra el marco de la puerta con los brazos cruzados. "¿De qué se trata esto, Miller?"

Miller entrecerró los ojos. —¿Quieres decirme por qué has estado dando vueltas por la ciudad, desenterrando cosas que no te conciernen? Acabo de hablar por teléfono con el alcalde Simmons. No está contento, Cole. Estás avivando viejos rumores, poniendo nerviosa a la gente.

Cole se burló, apartándose del marco de la puerta y adentrándose en la habitación. —Me has llamado aquí para resolver un asesinato, Miller. Dos, de hecho. No estoy fomentando rumores, estoy siguiendo pistas. Tal vez si hubieras hecho lo mismo hace años, no estaríamos lidiando con esto ahora.

Miller apretó la mandíbula y apretó los puños. —No necesito que me des un sermón. Yo he estado manteniendo unida a esta ciudad mientras tú estabas fuera jugando a ser detective en la ciudad. Lo último que necesitamos es que desentierres viejas leyendas y hagas que la gente piense que está sucediendo algo sobrenatural.

—¿Sobrenatural? —Cole se rió, pero no había humor en su voz—. No me interesan los fantasmas, Miller. Me interesa descubrir por qué las chicas han estado desapareciendo de este pueblo durante décadas y por qué nadie parece querer hablar de ello.

El rostro de Miller se ensombreció. —No hay ninguna conspiración aquí, Cole. Sólo mucha mala suerte y tragedias. Estoy tratando de evitar que esta ciudad se desmorone, y tú estás empeorando las cosas.

Cole dio un paso adelante, en voz baja pero firme. —¿Es eso lo que te dices a ti mismo? ¿Que todo esto es una coincidencia? Sabes tan bien como yo que algo ha estado sucediendo en Graymoor durante años. La gente desaparece y el pueblo mira para otro lado. ¿Crees que no sé lo que está sucediendo aquí? ¿Crees que no veo el patrón?

El rostro de Miller se contrajo, pero se mantuvo firme. "No hay ningún patrón. Estás persiguiendo sombras, Cole".

—¿Lo soy? —replicó Cole—. ¿Y qué hay de Margaret Hale? ¿Katie Simmons? ¿Laura Turner? Todas ellas desaparecieron, todas eran mujeres jóvenes y todas desaparecieron en las mismas circunstancias. Emma Callahan y Anna Weller no son las primeras, Miller. Y si no detenemos esto ahora, no serán las últimas.

La expresión de Miller vaciló, sólo por un momento, pero fue suficiente para que Cole viera que el sheriff no estaba tan seguro como pretendía estarlo. Continuó.

—Tienes miedo —dijo Cole, con voz más tranquila, más controlada—. Lo entiendo. Has mantenido unida a esta ciudad durante años, y ahora se está desmoronando. Pero si sigues ignorando la verdad, más gente va a morir. Sea lo que sea lo que esté pasando aquí, no ha terminado.

Miller finalmente se derrumbó y golpeó con la mano el escritorio. —¿Crees que no lo sé? —espetó. Su voz se volvió casi un susurro, desgarrada por la emoción—. ¿Crees que no he estado viviendo con esto durante años? Sé que algo anda mal en Graymoor, pero no puedo arreglar lo que no entiendo.

Y la gente de aquí confía en mí para mantenerlos a salvo. No puedo permitir que esta ciudad se desmorone.

Cole lo observó por un momento, y la frustración se hizo evidente en los ojos de Miller. Por primera vez, Cole no solo vio a un rival o un obstáculo, sino a un hombre que estaba atrapado, como todos los demás en Graymoor. Miller no tenía las respuestas. Había estado jugando a la defensiva durante años, tratando de mantener todo bajo control sin saber cómo solucionarlo.

—No estoy aquí para destruir la ciudad, Miller —dijo Cole, suavizando un poco la voz—. Estoy aquí para ayudar. Pero no puedo hacerlo si sigues bloqueándome. Tienes que dejarme hacer mi trabajo.

Miller lo miró fijamente, la tensión todavía se sentía en el aire. Durante un largo momento, ninguno de los dos habló. Luego, lentamente, Miller exhaló, la voluntad de luchar se le fue.
—Está bien —murmuró—. Haz lo que tengas que hacer. Pero no digas nada. Si causas más problemas de los que podemos manejar, te cerraré. ¿Entendido?

Cole asintió. "Entendido".

Se dio la vuelta para marcharse, pero se detuvo en la puerta.
—Una cosa más, Miller. ¿Te has preguntado alguna vez por qué está pasando todo esto? ¿Por qué aquí, por qué ahora?

Miller no respondió; su rostro permanecía sumido en un silencio sombrío.

Cole no necesitaba que lo hiciera. Tenía sus propias sospechas, y cada día eran más sombrías. Había algo en Graymoor, algo antiguo, enterrado en lo más profundo de la historia del pueblo, algo que ya se había cobrado vidas antes y que todavía estaba hambriento.

Mientras salía de la estación y salía al aire fresco de la tarde,

Cole sabía una cosa con certeza: no podía confiar en que la ciudad se protegiera a sí misma. Si quería detener esto, tendría que hacerlo en sus propios términos y tendría que excavar más profundamente en las sombras de Graymoor que nadie antes.

Porque lo que sea que estaba sucediendo aquí, no había terminado. Ni mucho menos.

El sol comenzaba a ponerse cuando Cole estacionó su auto frente a una casa vieja y desgastada en las afueras de Graymoor. La casa había visto días mejores, pero todavía se mantenía firme, al igual que el hombre que vivía en su interior. Cole había pasado los últimos días reconstruyendo el pasado, pero si había una persona que sabía más sobre la historia de Graymoor que nadie, era Jack Mercer, su antiguo mentor y jefe de policía retirado de la ciudad.

Jack había sido quien le había enseñado a Cole todo lo que sabía sobre ser detective, cuando Cole era apenas un joven oficial que empezaba en Graymoor. Jack era de la vieja escuela, el tipo de policía que confiaba tanto en sus instintos como en las pruebas. Lo había visto todo, o al menos eso era lo que Cole siempre había creído. Pero a medida que salían a la luz más secretos oscuros sobre la ciudad, Cole se preguntaba cuánto había ocultado Jack.

Cole llamó a la puerta y, al cabo de unos momentos, esta se abrió con un chirrido. Jack estaba allí, con sus hombros, antes anchos, un poco encorvados y el pelo gris cada vez más ralo, pero sus penetrantes ojos azules seguían siendo los mismos. Esos ojos no se perdían nada.

—Bueno, pero si es el hijo pródigo —dijo Jack con una sonrisa burlona, haciéndose a un lado para dejar entrar a Cole—. Escuché que estabas de regreso en la ciudad.

—Tampoco pensé que estaría aquí —admitió Cole mientras

entraba en la sala de estar que le resultaba familiar. El olor a humo de leña y a libros viejos llenaba el aire—. ¿Cómo has estado, Jack?

—Lo mismo de siempre —respondió Jack, sentándose en un sillón junto al fuego—. La jubilación ha sido buena para mí. Puedo sentarme aquí y ver cómo el mundo se va al infierno sin tener que hacer absolutamente nada al respecto.

Cole se rió entre dientes, pero no con entusiasmo. Se sentó frente a Jack, inclinándose hacia delante con los codos sobre las rodillas. "Necesito preguntarte algo. Es sobre el bosque, sobre las desapariciones".

Jack entrecerró los ojos ligeramente, pero no parecía sorprendido. "Pensé que me preguntarías sobre eso tarde o temprano. ¿Qué tienes en mente?"

—Emma Callahan. Anna Weller —dijo Cole con voz grave—. Está sucediendo de nuevo, Jack. Y estoy empezando a ver un patrón. Hubo otras chicas antes que ellas: Margaret Hale, Katie Simmons, incluso Laura Turner. Todas desaparecieron y el pueblo nunca hizo nada para detenerlas. Necesito saber por qué.

Jack se quedó callado por un momento, con la mirada perdida, como si estuviera viendo algo lejano, algo de hace años. —¿Crees que se trata de esos viejos casos?

—Sé que lo es —dijo Cole con firmeza—. Los símbolos, las chicas desaparecidas… todo está relacionado, pero nadie habla de ello. La ciudad lleva décadas ocultándolo y no logro entender por qué.

Jack suspiró y se frotó la barbilla pensativamente. —No es que la gente no quiera hablar, Cole. Es que tienen miedo. Diablos, pasé toda mi carrera tratando de evitar que Graymoor se desmoronara. Pero la verdad es que hay cosas contra las que no se puede luchar. Algunas cosas… simplemente hay que aprender a vivir con ellas.

Cole frunció el ceño y se acercó más. "¿Qué quieres decir con eso?"

Jack lo miró y, por primera vez, había un destello de vulnerabilidad en sus ojos. —Hay algo que no va bien en esos bosques. Siempre ha sido así. Mi padre solía contarme historias sobre ellos, historias que había oído de su padre antes que él. La gente desaparece, Cole. Han desaparecido desde tiempos inmemoriales. Y no es sólo mala suerte.

—Entonces lo sabías —dijo Cole, endureciendo su voz—. ¿Sabías que había algo ahí fuera, algo peligroso, y nunca hiciste nada al respecto?

Jack no se inmutó. "¿Qué se suponía que debía hacer? ¿Cerrar el bosque con llave? ¿Arrestar a una vieja leyenda? La verdad es que nadie sabe exactamente qué hay ahí fuera. He visto cosas en esos árboles que no puedo explicar, cosas que no tienen ningún sentido. Pero cada vez que intentábamos obtener respuestas, nos topábamos con un muro. La gente se olvidaba y seguía adelante. La ciudad se encargaba de que así fuera".

Cole apretó los puños y la frustración le ardía en los labios. "Dejaste que pasara. Dejaste que las chicas desaparecieran, que murieran porque tenías demasiado miedo para contraatacar".

Los ojos de Jack brillaron de ira, pero rápidamente se desvanecieron en algo más parecido al arrepentimiento. "¿Crees que no lo intenté? ¿Crees que no quería salvar a esas chicas? Hice todo lo que pude, pero cada vez que nos acercábamos a la verdad, se nos escapaba. Es como si el pueblo mismo no quisiera que lo supiéramos".

Cole miró a Jack y comprendió el peso de sus palabras. Siempre había considerado a Jack como un hombre invencible, el tipo de policía que no se detendría hasta conseguir justicia. Pero ahora veía a un hombre desgastado por años de lucha contra un enemigo invisible.

—Hay una oscuridad en este pueblo, Cole —dijo Jack en voz baja—. Ha estado aquí mucho tiempo, más que cualquiera de nosotros. Toma lo que quiere y luego desaparece, hasta que está lista para tomar de nuevo. No sé qué es, pero sé esto: lo que sea que esté sucediendo ahora, es solo el comienzo. Está despertando de nuevo.

El corazón de Cole latía con fuerza en su pecho. Las piezas empezaban a encajar, pero no era suficiente. Necesitaba más. "Entonces ayúdame a detenerlo", dijo, con voz casi suplicante. "Has estado en esta lucha más tiempo que nadie. Sabes más que nadie. Si no detenemos esto ahora, Anna Weller será el siguiente nombre en la lista".

Jack lo miró durante un largo momento y luego asintió lentamente. —Está bien —dijo con voz resignada—. Te ayudaré. Pero debes entender que no se trata solo de encontrar a un asesino. Se trata de algo más profundo, algo que ha sido parte de Graymoor durante generaciones. Y si vamos a luchar contra ello, debemos estar preparados para lo que sea que nos arroje.

Cole asintió, sintiendo una oleada de determinación. "Estoy listo, Jack. Cueste lo que cueste, vamos a terminar con esto".

Jack esbozó una pequeña y triste sonrisa. "Espero que tengas razón, Cole. Pero una vez que empieces a escarbar en el pasado, puede que no te guste lo que encuentres".

Cuando Cole salió de la casa de Jack esa noche, el peso de lo que le esperaba lo agobiaba. Ahora sabía que se trataba de algo más que resolver un caso: se trataba de descubrir los secretos más oscuros de la ciudad, secretos que habían estado enterrados durante demasiado tiempo.

Y a medida que la noche se acercaba, Cole no podía quitarse de encima la sensación de que lo que lo esperaba en esos bosques no era un simple asesino común. Era algo mucho peor, algo más viejo y más peligroso de lo que jamás hubiera imaginado.

La noche ya había caído sobre Graymoor cuando Cole regresó a su casa alquilada. La conversación con Jack Mercer le pesaba mucho y llenaba su mente de oscuras posibilidades. Durante años, Graymoor había estado ocultando algo siniestro, algo relacionado con el bosque... y ahora, fuera lo que fuese, estaba despertando de nuevo.

Mientras aparcaba el coche delante de la casa, el viento soplaba entre los árboles y le producía un escalofrío que le recorría la espalda. No podía quitarse de encima la sensación de que algo le observaba. El bosque se alzaba oscuro y silencioso a lo lejos, como si estuviera esperando.

Salió del coche y se ajustó el abrigo para protegerse del frío. La calle estaba tranquila, demasiado tranquila para una ciudad que se enfrentaba a una serie de desapariciones. Miró a su alrededor, con sus instintos en alerta máxima. Había tensión en el aire, algo que no podía identificar, pero que lo ponía de los nervios.

Al acercarse a la puerta principal, se le erizaron los pelos de la nuca. Alguien lo estaba observando; podía sentirlo. Su mano se dirigió instintivamente hacia la pistola que llevaba enfundada bajo el abrigo y cerró los dedos alrededor de la empuñadura.

Entonces lo oyó: un suave ruido de pasos detrás de él.

Cole se dio la vuelta, sacó su arma con un movimiento fluido y sus ojos escudriñaron la calle oscura. Al principio, no había nada. Solo la calle vacía, las casas tranquilas y el susurro distante de las hojas. Pero entonces, de entre las sombras, surgió una figura.

Un hombre alto y de hombros anchos que llevaba una capucha oscura que le ocultaba la mayor parte del rostro. Se movía con determinación, saliendo de las sombras con pasos lentos y deliberados. El pulso de Cole se aceleró y su agarre del arma se hizo más fuerte.

—¿Quién eres tú? —preguntó Cole, con voz baja y firme.

La figura no respondió. En cambio, continuó acercándose, con las manos a los costados, sin hacer ningún intento por ocultarse.

—¡Dije que pares! —gritó Cole, y su voz resonó en la calle vacía.

Pero la figura no se detuvo. En un instante, el hombre se lanzó hacia adelante con una velocidad sorprendente, acortando la distancia entre ellos en segundos. Cole apenas tuvo tiempo de reaccionar, sus instintos se activaron cuando levantó su arma, pero la figura fue más rápida. Un destello de metal brilló en la penumbra y Cole sintió un dolor agudo en el brazo cuando el hombre blandió una espada hacia él.

Cole se tambaleó hacia atrás, apretando los dientes por el dolor. El hombre volvió a atacarlo, pero esta vez Cole estaba preparado. Eludió el ataque y aprovechó el impulso para desequilibrarlo. Con un movimiento rápido, Cole apuntó con su arma y disparó.

El disparo resonó en la noche y el hombre se tambaleó, agarrándose el costado. Pero en lugar de desplomarse, se recuperó rápidamente y sus ojos brillaron con algo oscuro y peligroso. Se dio la vuelta y desapareció entre las sombras antes de que Cole pudiera disparar de nuevo.

Cole maldijo en voz baja, con el corazón acelerado. Se llevó una mano al brazo y sintió la sangre tibia y pegajosa que le empapaba la manga. El corte no era profundo, pero dolía muchísimo.

Volvió a escrutar la calle, sus ojos se movían rápidamente hacia cada rincón oscuro, hacia cada sombra. Pero el hombre había desaparecido, se había desvanecido tan rápido como había aparecido.

Cole respiró profundamente y su pulso volvió lentamente a la normalidad. Enfundó su arma y se volvió hacia la casa, pero su mente daba vueltas. No se trataba de un simple ataque al azar: quienquiera que fuese el hombre, había venido por una razón. Y estaba preparado. Alguien no quería que Cole investigara más a fondo los secretos de Graymoor.

Una vez dentro, Cole cerró rápidamente la puerta con llave y se apoyó en ella, tomándose un momento para recuperar el aliento. Le dolía el brazo, pero la adrenalina mantenía a raya el dolor. Fue al baño, se echó agua sobre la herida y agarró una toalla para presionarla.

Mientras limpiaba el corte, su mente trabajaba a toda velocidad. Quienquiera que fuese ese hombre, había sido hábil, demasiado hábil para ser un matón cualquiera o un borracho de pueblo en busca de problemas. Se había movido con precisión, su ataque calculado. Ahora estaba claro que Cole se estaba acercando demasiado a la verdad, y a alguien no le gustaba.

Después de vendarse el brazo, Cole se sentó a la mesa de la cocina y contempló la pila de papeles y notas que había reunido durante los últimos días. El patrón de desapariciones, los símbolos extraños, la oscura historia que Jack había insinuado... todo estaba relacionado. Y ahora, estaba claro que lo que se escondía en las sombras de Graymoor era más peligroso de lo que había previsto.

Sacó su teléfono y marcó el número de Mia. Ella contestó después del segundo timbre.

—Cole, ¿qué pasa? —preguntó ella con un tono de preocupación en la voz.

"Me atacaron", dijo Cole sin rodeos. "Alguien me estaba esperando afuera de mi casa".

Mia jadeó. "¿Estás bien?"

"Estoy bien", dijo, aunque el dolor en su brazo le decía que no estaba de acuerdo. "Pero esto confirma lo que ya sabíamos. Quienquiera que esté detrás de esto no es un simple asesino al azar. Están organizados y están dispuestos a hacer lo que sea necesario para evitar que descubramos la verdad".

La voz de Mia se tornó seria. —Tenemos que tener cuidado, Cole. Si te tienen en la mira, podrían estar vigilando a cualquiera que esté involucrado.

—Lo sé —respondió—. Pero no voy a dar marcha atrás. Estamos demasiado cerca. Hay algo en el pasado de este pueblo que une todo. Y sea lo que sea, está despertando de nuevo. No voy a permitir que nos impidan averiguar de qué se trata.

Mia se quedó callada por un momento y luego habló con voz firme: "Estoy contigo. Pero tenemos que actuar con inteligencia. Quienquiera que esté detrás de esto… es peligroso".

Cole asintió, aunque ella no podía verlo. "Tendré cuidado, pero necesito averiguar quién era ese hombre. No estaba trabajando solo y no solo estaba tratando de asustarme. Estaba tratando de matarme".

Acordaron reunirse a la mañana siguiente para reagruparse y planificar su próximo movimiento. Pero cuando Cole colgó el teléfono, la inquietud se apoderó de él como una manta pesada. El ataque había sido un mensaje, una advertencia de que las personas detrás de las desapariciones no se rendirían sin luchar.

Y Cole supo, con una certeza que lo heló hasta los huesos, que la próxima vez que vinieran a buscarlo, no fallarían.

La figura oscura en el bosque

La noticia llegó temprano por la mañana, justo cuando el sol comenzaba a salir sobre Graymoor. Cole todavía se estaba curando el corte en el brazo causado por el ataque de la noche anterior cuando sonó su teléfono. La llamada era del sheriff Miller, y el tono de su voz le dijo a Cole todo lo que necesitaba saber antes de que las palabras salieran de su boca.

—Hay otro cuerpo —dijo Miller con voz sombría—. Está en el bosque. Tienes que bajar ahora mismo.

Cole sintió que el frío se le metía en los huesos cuando colgó y agarró su chaqueta. El miedo que había estado sintiendo durante días, la sensación de que las cosas estaban a punto de empeorar, finalmente se había hecho realidad. Había tenido la esperanza de que tal vez, solo tal vez, pudieran encontrar a Anna Weller antes de que fuera demasiado tarde, pero la llamada lo dejó claro: ya era demasiado tarde.

El trayecto hasta la escena del crimen fue breve, pero pareció una eternidad. El bosque se veía más grande a la luz de la mañana y sus sombras oscuras se extendían a lo largo de la carretera. Cuando Cole se acercó a la zona acordonada, pudo ver las luces de los autos de policía y un pequeño grupo de oficiales reunidos cerca del borde del bosque.

Miller lo estaba esperando cerca de la entrada del bosque, con el rostro pálido. Le hizo un pequeño gesto con la cabeza a Cole y, sin decir palabra, los dos caminaron entre los árboles hasta el lugar donde habían encontrado el cuerpo.

El claro me resultaba inquietantemente familiar, una imagen reflejada del lugar donde se había descubierto el cuerpo de Emma Callahan. Las mismas ramas rotas, las mismas raíces retorcidas y, lo más inquietante, el mismo símbolo tallado en un árbol cercano. Esta vez, la víctima era Anna Weller. Estaba tendida en el centro del claro, con el cuerpo dispuesto de la misma manera deliberada y espeluznante que el de Emma. Su piel estaba pálida, casi gris a la luz suave que se filtraba entre los árboles, y sus ojos abiertos miraban al cielo, congelados por el terror.

Cole se tragó la bilis que le subía por la garganta. No importaba en cuántas escenas del crimen hubiera estado a lo largo de los años, ni cuántos cadáveres hubiera visto, esta vez le impactaba de forma diferente. Esta era personal.

Miller estaba de pie junto a él, con las manos apretadas en puños. "El mismo modus operandi", murmuró. "El mismo símbolo. El mismo maldito lugar en el bosque".

Cole se agachó junto al cuerpo y escrutó el área en busca de algo que los servicios de emergencia pudieran haber pasado por alto. Sus ojos se posaron en algo cerca de la mano de Anna: un pequeño trozo de tela, roto y sucio, atrapado en una rama rota.

—¿Qué es esto? —preguntó Cole, mientras intentaba cogerlo con sus manos enguantadas.

Miller echó un vistazo. "Parece parte de su ropa".

Cole lo estudió con atención, analizando mentalmente las posibilidades. La tela estaba rasgada, pero no de una manera que sugiriera que simplemente se había rasgado durante una pelea. Parecía deliberado, casi como si la hubieran colocado allí. Un mensaje.

"Hay más detrás de esto", dijo Cole en voz baja. "Quien hizo esto quería que la encontráramos así. No se trata solo de la muerte, sino de la historia que están contando".

Miller suspiró, con el rostro demacrado por el cansancio.
—¿Una historia? ¿De qué clase de historia estamos hablando, Cole? Porque lo único que veo es otra chica muerta en el bosque.

Cole se puso de pie, con la mente acelerada. "Piénsalo. Los símbolos, la forma en que están dispuestos los cuerpos, el hecho de que los dejen en el mismo lugar. No se trata de un asesino cualquiera. Es alguien que está enviando un mensaje. Es un ritual".

Miller se frotó las sienes, con evidente frustración. "Ritualista o no, tenemos un asesino suelto y la ciudad está a punto de volverse loca si descubren que tenemos a dos chicas muertas en nuestras manos".

"Tenemos que adelantarnos a esto", dijo Cole, volviéndose hacia él. "Quienquiera que esté haciendo esto va a atacar de nuevo. Hay un patrón aquí, y si no lo descubrimos rápido, vamos a tener que limpiar otro cadáver".

Los ojos de Miller se encontraron con los de Cole y, por primera vez en días, percibió un destello de algo parecido al miedo. Sabía que Cole tenía razón. La oscura historia de la ciudad se estaba repitiendo y se les estaba acabando el tiempo para detenerla.

"Por ahora, mantengamos esto en silencio", dijo Miller con voz tensa. "Se lo diremos a la familia, pero tenemos que controlar la narrativa. No quiero que esto se convierta en un circo".

Cole asintió, aunque la inquietud persistía en su pecho. Había visto suficientes escenas de crímenes para saber cuándo algo era diferente, cuándo había más en la historia de lo que parecía. Y esto… esto parecía el comienzo de algo mucho peor para lo que nadie en Graymoor estaba preparado.

A medida que los agentes se acercaban, fotografiaban el cuerpo y reunían pruebas, la mente de Cole volvió a la conversación que había tenido con Jack Mercer. El exjefe de policía le había advertido de que algo oscuro siempre había acechado en el bosque, algo antiguo que el pueblo había estado evitando durante generaciones. Cuanto más investigaba Cole, más claro se volvía que no se trataba de un solo asesino. Había un patrón, una maldición, algo profundamente ligado a la historia de Graymoor.

Volvió a mirar el símbolo tallado en el árbol y una sensación de terror lo invadió. Las líneas irregulares y los círculos le resultaban familiares, no solo porque los había visto antes, sino porque parecían latir con una especie de energía oscura, como si el propio bosque fuera cómplice de lo que estaba sucediendo.

—¿Quién eres? —susurró Cole en voz baja, mirando el símbolo—. ¿Qué quieres?

No hubo respuesta, sólo el susurro de las hojas en el viento y el lejano canto de un cuervo resonando entre los árboles.

Mientras se daba la vuelta para marcharse, se le ocurrió una idea, una escalofriante revelación que no había considerado antes. El asesino no estaba eligiendo víctimas al azar. Todo esto tenía un propósito, una razón por la que habían elegido a esas chicas.

Y si Cole tenía razón, la siguiente víctima ya estaba marcada.

"Tenemos que resolver esto", le dijo Cole a Miller mientras

caminaban de regreso al auto. "Antes de que vuelva a suceder".

La expresión de Miller era sombría mientras asentía. "Será mejor que lo averigües rápido, Cole. Porque si no lo hacemos, Graymoor no sobrevivirá a esto".

No hacía falta que se lo dijeran dos veces a Cole. El bosque se había cobrado otra víctima y el tiempo seguía corriendo.

Mientras dejaban atrás el lugar, Cole no podía quitarse la sensación de que la oscuridad se acercaba. Algo venía por ellos y no se detendría hasta conseguir lo que quería.

La única pregunta era: ¿quién sería el siguiente?

A la mañana siguiente, la atmósfera en Graymoor había cambiado. La noticia del cuerpo de Anna Weller se había difundido más rápido de lo que nadie podía contenerla, y la ciudad, ya de por sí nerviosa, había llegado a un punto de ruptura. Cole pudo sentirlo en el momento en que entró en la comisaría: la inquietud, los susurros, las miradas de reojo de los agentes.

Mientras caminaba por el estrecho pasillo, pasó junto a un grupo de agentes que murmuraban entre dientes. Se quedaron en silencio rápidamente cuando se acercó, pero la tensión en el aire era espesa. Sabía lo que estaban pensando. Lo había sentido antes en otros casos, en otras ciudades. Estaban empezando a cuestionarlo. Estaban empezando a preguntarse si Cole era la razón por la que Graymoor se estaba desmoronando.

El sheriff Miller lo recibió en la oficina principal, con el rostro demacrado y cansado. Parecía que no había dormido en días. "Tenemos un problema, Cole", dijo Miller, indicándole que lo siguiera hasta su oficina.

—Sí, me he dado cuenta —respondió Cole, cerrando la puerta tras él—. Todo el pueblo está nervioso.

Miller se sentó pesadamente detrás de su escritorio, pasándose una mano por su cabello canoso. "Es peor que eso. La gente está asustada, muy asustada. Están diciendo cosas, culpándote por provocar todo esto".

Cole levantó una ceja. "¿Me estás culpando?"

La mirada de Miller era seria. "Tú eres el forastero, Cole. ¿Vuelves a la ciudad y de repente dos chicas acaban muertas en el bosque? La gente no cree en las coincidencias, especialmente aquí. Creen que tú eres parte de la razón por la que esto está sucediendo".

Cole sintió una oleada de frustración. "No puedes hablar en serio. Soy yo quien está intentando detener esto. Si hay que culpar a alguien, es a la gente que ha estado encubriendo esto durante décadas".

Miller sacudió la cabeza, con expresión sombría. "La gente no lo ve así. El pueblo estaba tranquilo antes de que llegaras y ahora todo se está desmoronando. No quieren admitir que algo más oscuro ha estado acechando bajo la superficie. Es más fácil culparte a ti que enfrentar la verdad".

Cole apretó los puños, tratando de controlar su temperamento. Ya había visto esto antes: pequeños pueblos protegiéndose entre sí, incluso cuando eso significaba volverse contra la única persona que intentaba ayudar. Pero esto era diferente. Graymoor no solo estaba ocultando secretos; se estaba ahogando en ellos.

—¿Qué esperas que haga? —preguntó Cole con voz tensa—. ¿Que me aleje? ¿Que deje que esto vuelva a suceder?

Miller se inclinó hacia delante, apoyando los codos sobre el escritorio. "No quiero que te vayas, pero tienes que entender cómo funciona esta ciudad. La gente tiene miedo, y la gente asustada hace cosas estúpidas. Lo último que necesitamos es que se vuelvan contra ti... o peor aún, que intenten tomar el asunto en sus propias manos".

Cole apretó la mandíbula. "¿Y qué? ¿Les dejamos enterrar la cabeza en la arena mientras asesinan a otra chica?"

Miller exhaló bruscamente, con la frustración reflejada en sus ojos. "No estoy diciendo eso, pero tenemos que manejar esto con cuidado. Si la ciudad empieza a creer que tú eres parte del problema, las cosas se saldrán de control".

Cole se puso de pie y se paseó por la habitación mientras su mente trabajaba a toda velocidad. Sabía que volver a Graymoor sería difícil, pero no esperaba esto. No esperaba que la ciudad se volviera contra él tan rápidamente. Pero no podía permitirse el lujo de perder la concentración... no ahora.

—¿Y qué pasa con la familia de Anna? —preguntó Cole, deteniéndose frente al escritorio de Miller—. ¿Han dicho algo?

El rostro de Miller se ensombreció. "Están de luto. Enfadados. Hablé con su padre esta mañana y está convencido de que no estamos haciendo lo suficiente. Quiere respuestas, Cole. Respuestas que no tenemos".

Cole suspiró y se pasó una mano por el pelo. —Estamos cerca, Miller. Estamos empezando a entender qué está pasando aquí. Pero si dejamos que la ciudad se desmorone antes de que podamos juntar todas las piezas, nada de esto importará.

Miller asintió lentamente, aunque el cansancio persistía en sus ojos. "Lo sé. Pero nos estamos quedando sin tiempo. El alcalde me está pisando los talones, la ciudad está perdiendo la fe en nosotros y tú tienes un objetivo en la espalda".

Cole se sentó de nuevo, inclinándose hacia delante con determinación. "Necesitamos controlar la narrativa. Si la gente va a culparme, usemos eso. Dejemos que se concentren en mí si eso alivia la presión por un tiempo. Pero detrás de escena, seguimos investigando. Descubrimos qué sucedió realmente con Anna y Emma antes de que alguien más salga lastimado".

Miller lo miró sorprendido. "¿Estás dispuesto a asumir la responsabilidad?"

Cole sonrió amargamente. "Si eso significa detener esto, sí. Que piensen que yo soy el problema. Nos dará tiempo para averiguar quién está realmente detrás de esto".

Miller lo observó durante un momento y luego asintió. —Está bien. Pero será mejor que tengas cuidado, Cole. Ya estás en una situación delicada con esta ciudad y, si las cosas se tuercen...

—Lo sé —dijo Cole, interrumpiéndolo—. Yo me encargaré.

Al salir de la oficina del sheriff, el peso de las sospechas del pueblo se posó sobre sus hombros como una pesada capa. Podía sentir sus ojos sobre él, sus susurros arrastrándose tras él. Se había convertido en el enemigo, el forastero que había traído la muerte a Graymoor. Era más fácil para ellos creer eso que enfrentar la verdad: que algo mucho más oscuro había estado acechando allí mucho antes de que él regresara.

Mientras caminaba por las calles, Cole percibió el cambio. Las personas que antes lo habían saludado con cauteloso respeto ahora evitaban su mirada. Viejos amigos le daban la espalda y desconocidos cruzaban la calle para evitarlo. Sabía cómo funcionaba esto: el miedo generaba ira, y la ira necesitaba un objetivo.

Mientras regresaba a su coche, escuchó una voz que lo llamaba desde el otro lado de la calle. Se giró y vio a un hombre mayor, alguien a quien reconoció vagamente de su infancia en Graymoor.

—No debiste haber regresado nunca, Cole —gritó el hombre con voz cargada de acusación—. ¡Esto es culpa tuya! ¡Tú trajiste este mal aquí!

Cole miró fijamente al hombre y sus palabras le hirieron

más de lo que esperaba. Había pasado toda su vida intentando escapar de las sombras de Graymoor, solo para verse arrastrado de nuevo hacia ellas. Y ahora, el pueblo quería culparlo por algo que había estado enconándose durante generaciones.

Se dio la vuelta, apretó la mandíbula y subió a su coche. Mientras conducía por las calles tranquilas, la sensación de aislamiento se hizo más fuerte. La ciudad se estaba volviendo contra él y no tenía mucho tiempo antes de que los susurros se convirtieran en algo peor.

Pero no iba a detenerse. No ahora.

El pueblo podía odiarlo, podía temerle, pero él iba a descubrir la verdad, sin importar lo que le costara, porque sabía que lo que estuviera sucediendo en Graymoor no había terminado. Y la próxima vez que ocurriera, sería aún peor.

Tenía que detenerlo antes de que eso ocurriera, antes de que la ciudad encontrara otro chivo expiatorio al que culpar.

Y antes de que la oscuridad se cobrara otra víctima.

A mediodía, Cole se encontró de nuevo en los archivos de la biblioteca de Graymoor, hojeando pilas de viejos registros y registros de la ciudad. La ciudad llevaba días hablando de él en susurros, pero a Cole ya no le importaban. Se le estaba acabando el tiempo y la muerte de Anna confirmó lo que temía: había algo antiguo y ritual en esos asesinatos. Los símbolos de los árboles, la naturaleza metódica de los asesinatos y la inquietante quietud del bosque apuntaban a algo más profundo que un asesino al azar.

Mia se le unió poco después, con una expresión tan cansada como la de él. Ambos habían estado quemando la vela por los cuatro costados, pero finalmente estaban comenzando a hacer algunos avances.

—¿Ya encontraste algo? —preguntó ella, deslizándose en la

silla junto a él, con una pila de libros bajo el brazo.

Cole no levantó la vista de las páginas que tenía delante. "Hay un patrón. Estoy seguro de ello. Pero aún no sé qué significa".

Mia abrió un diario encuadernado en cuero que había traído consigo y pasó las páginas marcadas. —He estado investigando la historia de Graymoor, en particular las familias fundadoras. Hay algo extraño aquí, Cole. Encontré referencias a un antiguo asentamiento, algo que es anterior incluso a la fundación oficial de la ciudad.

Cole frunció el ceño. "¿Es anterior a Graymoor?"

Mia asintió y sus ojos recorrieron las notas que había tomado. —En el siglo XIX, mucho antes de que Graymoor se convirtiera en lo que es hoy, había un grupo de colonos, una comunidad aislada que vivía en el bosque. Se decía que eran devotos, pero corrían rumores de que sus prácticas eran… extrañas. La gente los llamaba secta, aunque nadie lo demostró nunca.

Cole se sentó erguido, repentinamente intrigado. "¿Qué tipo de prácticas?"

Mia dudó antes de continuar. —Rituales. Ofrendas al bosque. Creían que el bosque tenía una especie de… poder. Que estaba vivo y que para vivir en armonía con él, tenían que hacer sacrificios.

—¿Sacrificios humanos? —preguntó Cole con un tono frío en la voz.

Mia parecía sombría. —No hay pruebas directas, pero los rumores así lo sugieren. Los colonos finalmente desaparecieron, se esfumaron sin dejar rastro. Oficialmente, se atribuyó la culpa a un duro invierno, pero nunca se encontraron cuerpos. El pueblo que finalmente se convirtió en Graymoor se construyó cerca de donde alguna vez vivieron. Pero las historias sobre los bosques nunca desaparecieron. La gente dice que los rituales de los colonos dejaron una marca en la tierra, y esa marca ha estado allí desde entonces.

Cole se pasó una mano por el pelo mientras su mente trabajaba horas extras. "¿Y los símbolos? ¿Están relacionados con estos colonos?"

Mia asintió de nuevo y hojeó su cuaderno. "Encontré referencias a símbolos similares a los que hemos visto tallados en los árboles. Son antiguos, anteriores al lenguaje moderno y están vinculados a antiguos sistemas de creencias que adoraban a la naturaleza. Algunos eruditos creen que los símbolos representan protección, pero otros piensan que están destinados a marcar límites, lugares donde se hacían ofrendas".

Cole se inclinó hacia delante y entrecerró los ojos. —Entonces, ¿estás diciendo que estos asesinatos forman parte de algún tipo de ritual? ¿Que el asesino cree que están llevando a cabo las prácticas de estos colonos?

"Es posible", dijo Mia. "La forma en que están dispuestos los cuerpos, los símbolos… todo encaja. Quienquiera que esté haciendo esto no está matando sólo por hacerlo. Está recreando algo. Algo que se ha transmitido de generación en generación".

La mente de Cole trabajaba a toda velocidad. Había estado tan concentrado en encontrar a un único asesino que no había considerado la posibilidad de que se tratara de algo más grave. Si estos asesinatos estaban relacionados con un ritual antiguo, entonces no solo buscaban a una persona, sino un sistema de creencias, algo profundamente arraigado en el pasado de Graymoor.

"Eso significa que esto no empezó con Emma o Anna", dijo Cole, pensando en voz alta. "Se remonta a mucho antes. Las desapariciones a lo largo de los años… todas fueron parte de esto".

—Exactamente —dijo Mia—. Pero la pregunta es: ¿por qué ahora? ¿Por qué ha comenzado de nuevo?

Cole se quedó callado por un momento, pensando. "Tal vez nunca se detuvo. Tal vez esto ha estado sucediendo en secreto durante años, y es sólo ahora que estamos empezando a ver las señales. Quienquiera que esté detrás de esto, está siguiendo un ciclo, y nosotros hemos entrado directamente en el medio de él".

Mia miró el viejo diario que estaba sobre la mesa entre ellas. —Hay algo más. Encontré una referencia a un evento que sucede una vez cada veinticinco años. Los colonos lo llamaban "La Renovación". Se suponía que era un momento en el que el bosque exigía una ofrenda a cambio de protección, para que la vida continuara.

Cole sintió un escalofrío recorrerle la espalda. "¿La Renovación?"

Mia asintió. —Si seguimos esa línea de tiempo... estamos atrasados. El último evento registrado como este fue a fines de los años 90. Más o menos en la época en que Lana... —dudó al ver la expresión en el rostro de Cole—. Más o menos en la época en que tu hermana desapareció.

Cole apretó la mandíbula y las piezas del rompecabezas encajaron en su lugar. —No es una coincidencia. Quienquiera que esté haciendo esto cree que está llevando a cabo algún tipo de ritual para mantener la ciudad a salvo. Cree que los asesinatos son necesarios. Un sacrificio.

Mia lo miró con preocupación. "Y si están siguiendo este ritual, hay muchas posibilidades de que estén planeando matar de nuevo".

El corazón de Cole latía con fuerza. Las piezas empezaban a encajar, pero no era suficiente. Todavía no sabía quién estaba detrás de los asesinatos y, lo que era más importante, no sabía cuándo ni dónde atacarían a continuación.

—Necesitamos averiguar más sobre estos colonos, sobre los rituales —dijo Cole, levantándose bruscamente—. Tiene que haber algo más, algo que nos lleve al asesino. Sea quien sea, está trabajando a partir de un guión antiguo, y si podemos averiguar qué sucederá a continuación, tal vez podamos detenerlo.

Mia también se puso de pie, con determinación en sus ojos. "Seguiré investigando. Tiene que haber más en los registros de la ciudad, tal vez algo en los viejos diarios de las familias fundadoras".

—Bien —dijo Cole, agarrando su abrigo—. Estamos cerca, Mia. Puedo sentirlo. Solo necesitamos una pieza más, una pista más para abrir esto.

Mientras caminaba hacia la puerta, una idea lo asaltó. Se volvió hacia Mia. "Dijiste que los colonos desaparecieron, ¿verdad? ¿Y si no desaparecieron? ¿Y si estuvieron aquí todo el tiempo, ocultos a plena vista?"

Los ojos de Mia se abrieron de par en par. "¿Crees que podría haber descendientes? ¿Gente que aún siga llevando a cabo los rituales?"

"Eso explicaría muchas cosas", dijo Cole. "Si este sistema de creencias se ha transmitido de generación en generación, el asesino podría ser alguien de una de las antiguas familias. Alguien que ha sido criado para creer en estos rituales y llevarlos a cabo cuando llegue el momento".

Mia asintió lentamente, mientras las piezas empezaban a encajar. —Entonces tenemos que empezar a investigar a las familias fundadoras. Si el asesino es un descendiente, podría ser alguien de quien nunca sospechamos. Alguien que ha estado aquí, parte de la ciudad, todo este tiempo.

La mente de Cole corría a toda velocidad mientras salían de la biblioteca. El peso de lo que habían descubierto pesaba sobre sus hombros. El ritual, los sacrificios, la extraña conexión con la historia del pueblo... todo apuntaba a algo mucho más oscuro de lo que había imaginado.

Y ahora, más que nunca, sabía que se estaban quedando sin tiempo.

Esa noche, el peso de todo finalmente alcanzó a Cole. Después de horas de investigación con Mia, reconstruyendo la inquietante historia del pueblo y su extraño pasado ritualista, Cole se encontró de nuevo en su pequeña casa a oscuras, solo con sus pensamientos. Se sentó en el borde de su cama, el suave resplandor de la lámpara de noche no hizo mucho por alejar las sombras que parecían estar cerniéndose sobre él.

La habitación se sentía opresiva, el silencio era denso y sofocante. Su mente no dejaba de reproducir los rostros de las víctimas: Emma, Anna y las demás que habían desaparecido a lo largo de los años. Y luego, inevitablemente, Lana.

Se presionó los ojos con las palmas de las manos, intentando bloquear el torrente de recuerdos que amenazaban con abrumarlo. Pero fue inútil. Cada vez que cerraba los ojos, la veía a ella, a su hermana, sonriéndole un minuto y desapareciendo al siguiente. Su desaparición lo había perseguido durante años, las preguntas sin respuesta, la culpa. Ahora, todo lo que había enterrado en lo más profundo estaba abriéndose camino de regreso a la superficie.

Cole se levantó de repente, con el pecho apretado por la frustración y la ira. Caminó hasta la pequeña cocina, cogió un vaso de la encimera y lo llenó de agua, pero le temblaban las manos. El temblor lo sobresaltó. Había estado tan concentrado en resolver el caso, en detener a quienquiera (o lo que fuera) que estuviera detrás de los asesinatos, que no se había dado cuenta de lo mucho que esto lo estaba destrozando.

Se apoyó en el mostrador y miró el vaso que tenía en las manos; su reflejo se distorsionaba en el agua. ¿Qué estaba haciendo allí? Graymoor nunca había sido amable con él, nunca le había dado respuestas cuando las necesitaba. La ciudad le había arrebatado todo: su hermana, su paz mental, y ahora parecía que estaba decidida a destruirlo por completo.

La presión era insoportable. El pueblo se había vuelto contra él. La investigación estaba dando vueltas y cada vez que creía que se acercaban a la verdad, esta se le escapaba entre los dedos como arena. Y Lana… pensar en su hermana le trajo consigo una avalancha de culpa. Le había prometido que la protegería y había fracasado.

Cole dejó caer el vaso de golpe sobre la encimera y el agua se derramó por el borde. Respiraba entrecortadamente y sin aliento, mientras el pánico se apoderaba de él como una marea creciente. No se había sentido así en años, desde que Lana había desaparecido por primera vez. La impotencia, el miedo de que, hiciera lo que hiciera, por mucho que lo intentara, no podría salvar a nadie. Ni a Emma, ni a Anna, y definitivamente no a Lana.

Se apartó del mostrador y caminó de un lado a otro por el pequeño espacio, con la mente dando vueltas. Había pasado tantos años huyendo de Graymoor, huyendo del dolor de perderla. Y ahora, allí estaba, justo donde todo comenzó, con las mismas preguntas sin respuesta, los mismos fantasmas acosándolo a cada paso.

Las paredes de la casa parecían cerrarse sobre él, los recuerdos lo oprimían, lo sofocaban. No podía respirar, no podía pensar. Era demasiado.

Cole cogió su abrigo y salió furioso de la casa, desesperado por aire, por espacio. El aire frío de la noche lo golpeó como una bofetada cuando salió, las calles de Graymoor estaban silenciosas y vacías. Caminó, sin saber a dónde iba, solo necesitaba alejarse. Pero no importaba lo lejos que caminara, los recuerdos lo seguían.

Se encontró en el borde del bosque antes de darse cuenta. Los imponentes árboles se alzaban sobre él, oscuros y amenazadores, el mismo bosque donde habían encontrado a Emma y Anna, donde innumerables personas habían desaparecido. El mismo lugar donde Lana había desaparecido todos esos años atrás.

El bosque le susurraba, el viento susurraba entre las ramas como una voz suave que lo llamaba por su nombre. Se quedó allí, mirando fijamente la oscuridad, con el pecho apretado y el corazón palpitando con fuerza. Allí era donde todo había comenzado. Allí era donde terminaría.

Cole dio un paso adelante y sus pies crujieron sobre las hojas secas mientras cruzaba la frontera invisible hacia los árboles. Cuanto más avanzaba, más parecía desaparecer la ciudad detrás de él, engullida por el silencio espeso y opresivo del bosque.

Su respiración era superficial y su pulso se aceleraba con cada paso. Se sentía como si alguien lo estuviera observando, como si el bosque mismo estuviera vivo y lo estuviera esperando. Había venido allí en busca de respuestas, pero ahora, de pie en el corazón del lugar que le había quitado tanto, ya no estaba seguro de quererlas.

El peso de su pasado se abatió sobre él, la culpa, la pérdida, la impotencia. Había pasado años intentando ser el hombre que podía salvar a otros, el detective que podía resolver cualquier caso, pero ahora se daba cuenta de la verdad: ni siquiera podía salvarse a sí mismo.

—¿Por qué? —susurró en la oscuridad, con la voz entrecortada—. ¿Por qué te la llevaste?

El bosque no respondió. El silencio se prolongó, pesado e impenetrable.

Cole se desplomó de rodillas y sus manos agarraron la tierra fría que tenía debajo. Estaba perdiendo el control, se estaba perdiendo a sí mismo. Por primera vez en años, se sentía total y absolutamente impotente.

Pensó en Lana: en su risa, en sus ojos brillantes, en la forma en que siempre había creído en él. Había confiado en que él la protegería, y él la había decepcionado. Los había decepcionado a todos.

—Lo siento —susurró, con una voz apenas audible—. Lo siento mucho.

Las lágrimas brotaron entonces, calientes e inesperadas. Las había contenido durante tanto tiempo, pero ahora, en la oscuridad del bosque, no había forma de contenerlas. Enterró la cara entre las manos, su cuerpo temblaba con sollozos que no se había permitido sentir en años.

Durante mucho tiempo, Cole permaneció allí, arrodillado en el frío suelo, con el peso de su dolor, de su culpa, cayendo sobre él en oleadas. Había pasado tanto tiempo huyendo, tanto tiempo enterrando el dolor, pero ahora no había ningún lugar al que huir.

Cuando las lágrimas finalmente se calmaron, Cole se sentó y contempló la oscuridad. El bosque todavía estaba en silencio, pero ya no sentían que lo estuvieran observando. Se sentían vacíos, como si le hubieran dado todo lo que tenían.

Se secó la cara con el dorso de la mano y su respiración se hizo más lenta. No había terminado, no podía terminar. El pasado todavía lo tenía bajo su control, pero si quería sobrevivir a esto, si quería detener los asesinatos, tenía que enfrentarlo de frente.

Cole se puso de pie lentamente, con las piernas temblorosas. Respiró profundamente y el aire frío llenó sus pulmones y le despejó la mente. El peso del pasado seguía allí, pero ahora, por primera vez en años, se sentía preparado para llevarlo.

El bosque no le había dado las respuestas que buscaba, pero le había dado algo más, algo que no esperaba: claridad, fuerza.

Aún no había terminado. Ni mucho menos.

A la mañana siguiente, Cole sintió una extraña sensación de calma mientras entraba en la biblioteca. La noche anterior, en el bosque, algo había cambiado en su interior. Su crisis había sido catártica, dolorosa, pero le había dejado una determinación renovada. No había terminado y no iba a permitir que Graymoor lo derrotara. No otra vez.

Mia ya estaba sentada en una de las mesas, rodeada de libros viejos, diarios y registros de la ciudad. Levantó la vista cuando él se acercó, su rostro se iluminó con un optimismo cauteloso.

"He estado revisando más diarios antiguos", dijo, señalando la pila de cuadernos que tenía frente a ella. "Creo que encontré algo".

Cole se sentó frente a ella, ansioso pero cauteloso. "¿Qué pasa?"

Mia abrió uno de los polvorientos diarios encuadernados en cuero. "Este es un diario de una de las familias originales, los Hale. Perteneció a Eleanor Hale, que vivió aquí a fines del siglo XIX. Ella era una de las colonizadoras, parte de ese grupo aislado del que hablamos".

Pasó las páginas amarillentas y se detuvo en una entrada que databa de poco antes de la desaparición de los colonos.

"Escuche esto", dijo, leyendo en voz alta:

"El bosque se inquieta. Los demás no lo ven, pero yo sí. Hay susurros en el viento, oscuros y terribles. Las viejas costumbres deben ser honradas, la ofrenda debe ser hecha. No podemos escapar de las demandas del bosque. Si no damos lo que debemos, él tomará. Siempre toma."

A Cole se le revolvió el estómago. —La ofrenda. Está hablando de un ritual, ¿no?

Mia asintió. "Creo que sí. Todo este diario está lleno de extrañas referencias al bosque y a algo que los colonos creían que debían. Hablan de 'las viejas costumbres', rituales destinados a apaciguar lo que fuera que creían que había en el bosque".

Cole se inclinó hacia delante, pensando a toda velocidad: "¿Alguna vez dicen cuál es la ofrenda?"

Mia hojeó unas cuantas páginas más, frunciendo el ceño en señal de concentración. —No directamente. Pero Eleanor escribe sobre un precio terrible que debe pagarse para mantener la ciudad a salvo. Nunca dice explícitamente cuál es ese precio, pero sí menciona a mujeres jóvenes. Niñas, como su propia hija, que fueron «elegidas» por los ancianos.

A Cole se le heló la sangre en la sangre. "Estaban sacrificando gente. Mujeres jóvenes, igual que está pasando ahora".

Mia asintió con la cabeza, en voz baja. "Eso parece. Eleanor estaba aterrorizada. No estaba de acuerdo con los rituales, pero tenía demasiado miedo de hablar. En su última entrada, habla de intentar huir con su hija, pero no se menciona lo que pasó después de eso. Es como si hubiera desaparecido antes de poder terminar la historia".

Cole miró las páginas, sintiendo que las implicaciones pesaban sobre él. Los colonos no solo adoraban a la naturaleza, sino que practicaban sacrificios humanos, y los bosques, o el poder que creían que habitaba en ellos, lo exigían. La gente de Graymoor había continuado con estos rituales durante generaciones, probablemente en secreto, para mantener a raya la oscuridad en la que creían.

—¿Crees que el asesino es uno de los descendientes de Eleanor? —preguntó Cole, con la mente llena de posibilidades.

—Es posible —dijo Mia—. Pero hay algo más. El símbolo que encontramos cerca de los cuerpos, el que está tallado en los árboles, también se menciona en el diario.

Se dirigió a una entrada específica y señaló un boceto que había dibujado Eleanor. Era el mismo símbolo irregular que habían visto en las escenas del crimen, grabado en la corteza de los árboles cerca de los cuerpos de Emma y Anna. Era rudimentario, pero inconfundible.

"Eleanor lo llamó 'la marca del bosque'. Dijo que se usaba para designar los lugares sagrados, las áreas donde se hacían las ofrendas. Los lugares donde los colonos creían que la frontera entre su mundo y el mundo del bosque era más delgada".

Cole miró el boceto y se le aceleró el pulso. "El asesino no solo copia estos viejos rituales. Cree en ellos. Cree que está protegiendo la ciudad al hacer estos sacrificios y al marcar estos lugares".

Mia asintió. —Pero ¿por qué ahora? ¿Por qué después de tanto tiempo?

Cole recordó lo que había dicho Jack, sobre la oscuridad que despertaba de nuevo, sobre un ciclo que se había repetido durante generaciones. Miró a Mia con voz firme. "Porque el ciclo se repite. Los colonos creían que tenían que hacer una ofrenda cada generación, y ahora, alguien en este pueblo está tratando de mantener viva esa tradición".

Los ojos de Mia se abrieron de par en par. "¿Estás diciendo que no es la primera vez?"

Cole asintió. —No puede ser. Esto ha estado sucediendo durante años, décadas, tal vez incluso más. Las desapariciones, los asesinatos, todo formaba parte del mismo ritual. Quienquiera que esté detrás de esto cree que está continuando una antigua tradición, que está protegiendo a Graymoor al hacer estos sacrificios.

Mia se recostó en el asiento, absorbiendo el peso de sus palabras. "Entonces la pregunta es: ¿quién está haciendo esto? ¿Y quién será el siguiente?"

La mente de Cole trabajaba a toda velocidad. El diario les había dado una pista vital, pero no era suficiente. Necesitaban averiguar quién en el pueblo continuaba con el perverso legado de los colonos. Alguien tenía acceso a ese conocimiento, alguien que creía en las viejas costumbres, que estaba dispuesto a matar para mantener el pueblo "a salvo".

"Necesitamos averiguar más sobre los Hale", dijo Cole con voz firme. "Si esto empezó con ellos, podría haber una conexión directa con el asesino. Podría haber descendientes en el pueblo hoy, gente que todavía está ligada a estos antiguos rituales".

Mia asintió, cerró el diario y se puso de pie. "Comenzaré a buscar en los registros de la ciudad, a ver si puedo encontrar a algún familiar sobreviviente. Tal vez haya una conexión que no hayamos visto".

Cole también se puso de pie, con la determinación endureciéndose en su pecho. "Bien. Y consultaré con Jack, a ver si sabe algo más sobre las familias fundadoras. Si hay alguien que todavía siga con estas tradiciones, tenemos que encontrarlo antes de que ataquen de nuevo".

Mientras recogían sus cosas y salían de la biblioteca, Cole

no podía quitarse de la cabeza la sensación de que el tiempo se acababa. Los oscuros rituales de los colonos habían estado enterrados durante generaciones, pero ahora estaban volviendo a la vida con consecuencias mortales. Alguien en Graymoor había asumido el manto de esas antiguas creencias y no se detendrían hasta que el ritual estuviera completo.

Pero Cole no iba a permitir que eso sucediera. No otra vez.

Estaban cerca, más cerca que nunca. Y con las pistas del diario, finalmente tenían la oportunidad de romper el ciclo. Pero mientras salían a la fría mañana de Graymoor, Cole sabía una cosa con certeza:

La oscuridad aún no había terminado con ellos.

Bajo la superficie

Los días siguientes fueron un torbellino de noches de insomnio y callejones sin salida. Cole y Mia habían pasado horas estudiando los registros del pueblo, intentando encontrar a los descendientes de los colonos originales, pero Graymoor había enterrado profundamente sus secretos. Las familias fundadoras del pueblo seguían siendo importantes, pero la mayoría de ellas se habían convertido en pilares de la comunidad: respetables, intocables. Sin embargo, Cole no podía quitarse de encima la sensación de que algo siniestro acechaba bajo sus pulidas apariencias.

No fue hasta una tarde, cuando estaban a punto de agotarse, que finalmente se produjo un avance. Mia estaba revisando un conjunto de registros de propiedad antiguos cuando se topó con algo que la hizo sentarse más erguida y con los ojos muy abiertos.

—Cole, mira esto —dijo, deslizándole el documento por la mesa—. Es una escritura de propiedad de 1905. Menciona a la familia Hale, pero lo extraño es que hay un terreno en las afueras del pueblo, en lo profundo del bosque, que todavía está registrado a su nombre. La propiedad no ha cambiado en más de un siglo.

Cole examinó el documento con la mente acelerada. "Eso no

puede ser cierto. Si los Hale desaparecieron a fines del siglo XIX, ¿por qué sus tierras todavía serían de su propiedad?"

Mia asintió, con el ceño fruncido por la concentración. "Exactamente. La tierra debería haber sido devuelta a la ciudad o vendida hace años. Pero no fue así. Se ha dejado intacta y nadie lo ha cuestionado nunca".

Cole se dio cuenta de algo: "El bosque. Allí es donde se llevaban a cabo los rituales, donde se hacían las ofrendas. ¿Y si quienquiera que esté llevando a cabo estos asesinatos está usando esa tierra? ¿Y si todavía están celebrando los rituales allí?"

Mia se inclinó hacia delante y habló en voz baja. —Esa tierra podría ser el lugar donde vivieron los colonos, donde practicaban sus rituales. Eso explicaría por qué nadie habla de ella, porque nadie va allí. Está prácticamente fuera de la red.

Cole sintió que se le aceleraba el pulso. —Tenemos que salir. Si es ahí donde están haciendo esto, puede que haya pruebas, algo que vincule los asesinatos con el presente.

Pero en cuanto las palabras salieron de su boca, Mia vaciló. —No va a ser tan fácil, Cole. Ya sabes lo que pasa cuando la gente empieza a husmear en lugares como este. El pueblo no quiere que se desentierre el pasado, especialmente en algo como esto. Ya estás en la cuerda floja con ellos, y si entras en las tierras de alguna antigua familia sin permiso, podrías empeorar las cosas.

Cole sabía que ella tenía razón. La ciudad ya se estaba volviendo contra él y, cuanto más presionaba, más peligroso se volvía. Pero se les estaba acabando el tiempo y, si no actuaban pronto, otra vida podría perderse.

"No me importa", dijo Cole con firmeza. "Si ahí está enterrada la verdad, tenemos que ir allí. No puedo quedarme sentado esperando a que esto vuelva a suceder".

Mia suspiró, pero había determinación en sus ojos. "Está bien. Pero vamos a necesitar ayuda. No podemos salir solos. Las personas que están detrás de esto son peligrosas y no sabemos en qué nos estamos metiendo".

Cole asintió, pensando ya en los próximos pasos. "Hablaré con Jack. Él conoce estos bosques mejor que nadie y, si hay algo ahí fuera, lo sabrá".

Con un plan en mente, Cole salió de la biblioteca y se dirigió a la casa de Jack Mercer, mientras el viento frío le mordía la piel mientras caminaba. Sus pensamientos corrían a toda velocidad. El descubrimiento de las tierras de los Hale era la primera pista real que habían encontrado en días, pero también era la más peligrosa. Quienquiera que estuviera detrás de los asesinatos había estado llevando a cabo los rituales de los colonos durante generaciones, y ahora Cole estaba a punto de entrar en su territorio.

Cuando llegó a la casa de Jack, la familiar sensación de miedo se apoderó de él. Jack había sido la única persona en el pueblo que había intentado advertirle, que había insinuado la oscuridad que acechaba bajo la superficie de Graymoor. Ahora, Cole necesitaba más que pistas: necesitaba respuestas.

Jack abrió la puerta después de unos momentos, con expresión seria pero sin sorpresa. "Pensé que volverías", dijo, haciéndose a un lado para dejar entrar a Cole.

"Encontré algo", dijo Cole sin preámbulos mientras entraba. "Un terreno en el bosque. Sigue siendo propiedad de la familia Hale, incluso después de todos estos años. Creo que es allí donde se han estado realizando los rituales".

El rostro de Jack se ensombreció. Se acercó a la chimenea, apoyándose pesadamente en la repisa como si el peso de las palabras de Cole lo hubiera aplastado. —La antigua tierra de Hale —murmuró—. He oído hablar de ella, pero nadie habla de ella. Es uno de esos lugares que la gente del pueblo simplemente… ignora. Hay demasiadas historias sobre esa tierra. Demasiada mala historia.

Cole cruzó la habitación y se paró al lado de Jack. —¿Qué sabes de eso?

Jack suspiró y se pasó una mano por la cara. —No mucho, pero lo suficiente. Mi padre solía hablar de ello cuando yo era más joven. Decía que la tierra estaba maldita, que cualquiera que fuera allí nunca volvería igual. Está en lo profundo del bosque, cerca del corazón de donde vivieron los primeros colonos. Algunos dicen que es donde construyeron sus altares, donde hicieron sus ofrendas.

El corazón de Cole latía con fuerza. "¿Crees que el asesino podría estar usándolo ahora?"

Jack no respondió de inmediato, su mirada se volvió distante. —Es posible. Esa tierra siempre ha estado prohibida, pero nadie en el pueblo se ha molestado en comprobarlo. Si alguien la estaba usando para… algo oscuro, podría haberlo hecho durante años sin que nadie lo supiera.

"Entonces tenemos que salir", dijo Cole con firmeza. "Tenemos que verlo con nuestros propios ojos".

Jack vaciló y entrecerró los ojos. —No sabes en qué te estás metiendo, Cole. Esa tierra… no es una propiedad cualquiera. Está vinculada a algo antiguo, algo peligroso. Las personas que llevan a cabo estos rituales no te van a dejar entrar y detenerlos.

"Lo sé", respondió Cole. "Pero si no los detenemos, más gente morirá. Quienquiera que esté haciendo esto cree en estos rituales y cree que está protegiendo a la ciudad matando a gente inocente. No voy a permitir que eso suceda".

Jack lo observó durante un largo momento y luego asintió

lentamente. —Está bien. Iré contigo. Pero será mejor que estés preparado para lo que descubramos allí, Cole. No se trata solo de resolver un asesinato. Se trata de enfrentarse a algo que ha estado enterrado en esta ciudad durante mucho, mucho tiempo.

Cole asintió y la determinación se endureció en su pecho. Estaba listo.

Mientras salían de la casa de Jack, el aire frío de la noche les ardía en la piel. Cole supo que, fuera lo que fuese lo que les aguardaba, no sería fácil. La oscuridad debajo de Graymoor había estado supurando durante generaciones, oculta tras capas de secretos y rituales.

Pero ahora, esa oscuridad estaba saliendo a la superficie y Cole estaba listo para enfrentarla, sin importar el costo.

A la mañana siguiente, Cole se despertó con el sonido de la lluvia golpeando contra su ventana. El clima había cambiado durante la noche, arrojando un manto frío y gris sobre Graymoor. Era apropiado, pensó, considerando la tormenta que estaba a punto de estallar sobre la ciudad. Con el descubrimiento de las tierras de los Hale, el tiempo corría. Quienquiera que estuviera llevando a cabo estos rituales estaba muy involucrado en su plan, y Cole tenía la sensación de que estaban al borde de otro asesinato.

Cuando Cole llegó a la estación, Mia ya estaba allí, estudiando los mapas del bosque circundante. Levantó la vista cuando entró, con el rostro pálido de preocupación. —Tenemos que mudarnos, Cole —dijo, con la voz tensa por la urgencia—. He estado revisando los registros de las familias fundadoras, buscando a los descendientes. Hay un nombre que sigue apareciendo: Lyle Hale.

Cole entrecerró los ojos. —¿Lyle Hale? ¿Todavía está en la ciudad?

Mia asintió. —Ha mantenido un perfil bajo durante años, pero su familia tiene raíces profundas aquí. Y, escucha esto, es dueño de varios negocios, pero una de sus propiedades es una cabaña vieja en lo profundo del bosque. Está cerca del terreno que encontraste.

A Cole se le revolvió el estómago. "Debe ser allí. Allí es donde celebran los rituales".

Mia sacó una hoja de papel y se la entregó a Cole. "Investigué un poco sobre Lyle. Su familia ha estado involucrada en la política de Graymoor durante generaciones, y siempre han tenido la reputación de ser... reservados. Han logrado evitar mucho escrutinio a lo largo de los años, pero hay rumores. La gente dice que la familia de Lyle siempre ha estado obsesionada con el pasado de la ciudad, con mantener vivas las 'viejas costumbres'".

"Eso encaja con lo que hemos descubierto", dijo Cole, paseando por la habitación. "Los Hale estaban en el centro de los rituales, y ahora Lyle está llevando adelante su legado. Pero si él está involucrado, eso significa que hay toda una red de personas que lo ayudan, personas que creen en esta idea retorcida de que el pueblo necesita sacrificios para sobrevivir".

Mia se mordió el labio. —Hay más. Encontré un registro de un antiguo festival que solía celebrarse en Graymoor cada pocas décadas. Se llamaba 'La Renovación'. Por lo que sé, era una celebración vinculada a los rituales de los colonos, destinada a apaciguar la fuerza que creían que estaba en el bosque. Pero la última vez que se celebró fue hace más de veinticinco años.

Cole dejó de caminar de un lado a otro y sintió un escalofrío que le recorrió la espalda. —Hace veinticinco años. Eso fue justo antes de que Lana desapareciera.

Mia asintió con expresión seria. "Creo que el ciclo está

comenzando de nuevo. La Renovación está sucediendo y los asesinatos son parte de ella. Nos estamos quedando sin tiempo, Cole. Si Lyle está siguiendo el mismo patrón, pronto habrá otro sacrificio".

La mente de Cole trabajaba a toda velocidad. Sabía desde el principio que estaban trabajando contrarreloj, pero ahora la urgencia era real. Si no encontraban a Lyle (y rápido), alguien más moriría. Y con la historia del pueblo, no había forma de saber hasta dónde llegaría este ritual.

—Tenemos que irnos ahora —dijo Cole, cogiendo su abrigo—. Lyle tiene una cabaña en el bosque cerca de la tierra de los Hale. Allí es donde estará. Tenemos que llegar antes de que sea demasiado tarde.

Mia se puso de pie y recogió sus cosas. "Iré contigo. No podemos hacer esto solas".

Pero antes de que pudieran irse, la puerta de la estación se abrió de golpe y el sheriff Miller entró furioso, con el rostro rojo de ira. "¿Qué diablos está pasando aquí?", gritó, entrecerrando los ojos hacia Cole. "He estado escuchando rumores de que estás planeando ir al bosque. Será mejor que no estés pensando en hacer algo estúpido".

Cole no tenía tiempo para eso. "Sé quién está detrás de los asesinatos, Miller. Es Lyle Hale. Está llevando a cabo los rituales de los colonos y planea volver a matar. Si no lo detenemos, otra persona morirá".

Miller lo miró fijamente, con una expresión que mezclaba incredulidad y frustración. —¿Lyle Hale? ¿Me estás diciendo que uno de los hombres más respetados de esta ciudad es una especie de líder de una secta?

—Es más que eso —dijo Mia, dando un paso adelante—. Es parte de una familia que ha estado involucrada en estos rituales durante generaciones. El pueblo lo ha estado ocultando durante años, pero los asesinatos, las desapariciones… todo conduce a él. Tenemos que actuar ahora.

Miller se pasó una mano por el pelo, claramente con dificultades para asimilar la información. "Tienes que estar bromeando. No puedo irrumpir en la propiedad de alguien basándome en rumores y viejas leyendas".

—¡No son solo rumores! —espetó Cole, con la paciencia agotándose—. Tenemos pruebas: registros de tierras, diarios antiguos, todo apunta al hecho de que los Hale han estado llevando a cabo estos rituales durante más de un siglo. Y ahora, están planeando otro sacrificio. ¿De verdad quieres ser tú quien permitió que sucediera porque tenías demasiado miedo para actuar?

El rostro de Miller se tensó y, por un momento, Cole pensó que se negaría. Pero entonces el sheriff suspiró y dejó de luchar. "Está bien. Pero si esto sale mal, será tu culpa".

—Está bien —dijo Cole, mientras se dirigía hacia la puerta—. Vámonos.

Salieron bajo la lluvia torrencial, seguidos por un pequeño grupo de agentes. Mientras conducían hacia las afueras de la ciudad, la tensión en el aire era palpable. Las manos de Cole agarraban el volante, con el corazón latiendo con fuerza en su pecho. Estaban cerca, más cerca que nunca, y el peso lo oprimía como un torno.

El camino que conducía a la cabaña de los Hale era irregular, apenas un sendero de tierra que serpenteaba a través del denso bosque. La lluvia lo había convertido en un lodazal, lo que ralentizaba su avance. A medida que se acercaban a la cabaña, Cole pudo ver el tenue contorno de una estructura entre los árboles. La tierra estaba cubierta de vegetación, salvaje, como si hubiera estado intacta durante años. Pero Cole lo sabía mejor. Escondía algo oscuro, algo antiguo.

Aparcaron los coches a cierta distancia, sin querer alertar a nadie que estuviera dentro. Cole hizo un gesto a los agentes para que se dispersaran, con sus linternas iluminando la tenue luz de la tormenta. Mia se quedó cerca de él mientras se dirigían hacia la cabaña, con pasos silenciosos y todos los nervios en alerta máxima.

La cabaña era vieja, con las paredes de madera desgastadas y grises. Parecía abandonada, pero Cole sabía que no era así. Alguien había estado allí recientemente. El aire se sentía cargado, como si estuvieran al borde de algo terrible.

Cole recorrió con la mirada el lugar, con el corazón acelerado. Estaban cerca, muy cerca, pero algo no iba bien. El silencio era demasiado pesado, demasiado antinatural. Podía sentirlo en los huesos, la sensación de que estaban corriendo contra el tiempo y que el tiempo se estaba acabando.

—Tenemos que actuar rápido —le susurró Cole a Mia—. Lo que sea que esté pasando aquí, ocurrirá pronto.

Ella asintió, pálida pero decidida. "Terminemos con esto".

Cole respiró hondo y se dirigió hacia la cabaña, sabiendo que lo que les esperaba podría cambiarlo todo: para él, para Mia y para Graymoor. Pero, pasara lo que pasara, tenían que detenerlo.

Porque si no lo hacían, el ritual continuaría y alguien más pagaría el precio.

La lluvia caía con más fuerza a medida que Cole y Mia se acercaban a la vieja cabaña de los Hale. El sonido de la lluvia al golpear contra las hojas y el techo aumentaba la tensión que se había apoderado de ellos. Los agentes se colocaron en posición alrededor del perímetro de la cabaña, con sus linternas parpadeando en la oscuridad empapada por la lluvia.

Cole le hizo un gesto a Mia para que se quedara cerca mientras se dirigían a la puerta principal. Su mano descansaba sobre la empuñadura de su arma, listo para cualquier cosa. Su corazón latía con fuerza en su pecho, no solo por la adrenalina, sino por el peso de saber que estaban a punto de enfrentarse a algo que había estado oculto en Graymoor durante generaciones.

Antes de que pudieran hacer su movimiento, el sheriff Miller llamó a Cole desde atrás, con voz ronca, apenas audible por encima de la lluvia. "Espera, Cole. Necesitamos hablar".

Cole se dio la vuelta, con la frustración escrita en todo su rostro. "Miller, este no es el momento. Tenemos que entrar. Ahora".

Miller negó con la cabeza, con expresión sombría y conflictiva. Se acercó más y bajó la voz. —Hay algo que no te he dicho.

Cole entrecerró los ojos y miró a Mia antes de volverse hacia Miller. "¿Qué pasa?"

El sheriff respiró profundamente, con los ojos cargados de pesar. "Conozco la conexión de la familia Hale con el bosque desde hace mucho tiempo. Más del que quiero admitir".

El pulso de Cole se aceleró. "¿De qué estás hablando?"

Miller miró hacia el suelo embarrado, con los hombros caídos como si el peso de años de secretos finalmente lo hubiera alcanzado. "Cuando me convertí en sheriff, escuché susurros, historias de la gente mayor del pueblo, gente que hablaba sobre los Hale y sus vínculos con los antiguos rituales. Al principio, no lo creí. Pensé que era solo una superstición, ¿sabes? Pero cuanto más investigaba, más descubría".

—¿Por qué no hiciste nada? —preguntó Cole con voz tensa

por la ira—. La gente ha estado desapareciendo durante años. ¿Lo sabías y te quedaste callado?

Miller levantó la cabeza, con los ojos llenos de vergüenza. —No es tan sencillo, Cole. No entiendes cómo es Graymoor, lo profundo que es el miedo en este pueblo. Los Hale no son una familia cualquiera. Han estado aquí desde el principio. Construyeron este lugar y, en cierto modo, todavía lo controlan. Intenté enfrentarme a Lyle hace años, pero el pueblo no me lo permitió. El alcalde, el consejo… me dijeron que lo dejara pasar. Dijeron que eran asuntos viejos, que ya no nos preocupaban.

Cole apretó los puños y la ira lo invadió. —¿Así que dejaste que pasara? ¿Dejaste que muriera gente porque el pueblo te dijo que hicieras la vista gorda?

Miller se acercó un paso más y bajó la voz. —No se trataba solo del pueblo, Cole. Tenía miedo. Miedo de lo que pudiera descubrir. Y miedo de lo que sucedería si no lo dejaba pasar.

Cole lo miró fijamente, con una mezcla de incredulidad y furia. —Así que dejaste que esto continuara durante años. Dejaste que Lyle y su familia siguieran haciendo esto. Podrías haberlo detenido.

El rostro de Miller se contrajo de culpa. "Pensé que todo había terminado. Después de que Lana desapareció… pensé que tal vez, fuera lo que fuese, lo que fuese lo que estaban haciendo, finalmente había terminado. Pero cuando Emma fue asesinada, supe que estaba comenzando de nuevo. Y no sabía cómo detenerlo".

A Cole se le cortó la respiración al oír mencionar a Lana. —¿Sabías lo de Lana? ¿Sabías que se la habían llevado por esto?

Los ojos de Miller estaban llenos de pesar mientras asentía. "Tenía mis sospechas. No podía probar nada, pero lo sabía. El momento, la forma en que sucedió… todo encajaba en el patrón.

Yo... no quería creerlo. Cuando me di cuenta de lo que estaba pasando, ya era demasiado tarde".

Por un momento, la lluvia y el viento parecieron amainar, dejando solo un pesado silencio entre ellos. Cole sintió como si le hubieran arrancado el suelo debajo de sus pies. Todo este tiempo, había creído que la desaparición de Lana era un acto aleatorio y sin sentido. Pero ahora, al escuchar la confesión de Miller, la verdad lo golpeó como un puñetazo en el estómago.

—Se la llevaron —susurró Cole, con voz apenas audible—. Se la llevaron como parte de su ritual.

Miller asintió, pálido. "Debería haber hecho algo en ese momento, pero no lo hice y me arrepentiré de ello por el resto de mi vida".

Las manos de Cole temblaban y la furia crecía en su interior como un fuego que no podía controlar. Le habían arrebatado a su hermana, la habían sacrificado en aras de un sistema de creencias retorcido que había estado enconándose en Graymoor durante generaciones, y Miller lo había sabido. Lo había sabido, pero no había hecho nada.

—Vamos a detener esto —dijo Cole, con voz fría y dura—. Ahora mismo.

Miller asintió, pero había miedo en sus ojos. —No sabes a lo que te enfrentas, Cole. No se trata sólo de Lyle. Hay gente en este pueblo que todavía cree en las viejas costumbres. Lo protegerán y no dejarán que lo derrotes fácilmente.

—No me importa —espetó Cole, levantando la voz—. Entraremos allí y acabaremos con esto.

Miller dudó un momento más y luego asintió lentamente. "Te respaldaré, pero debes estar preparado. No estamos tratando con un solo hombre, sino con todo un sistema de creencias. Estas personas lucharán para protegerlo".

Cole se volvió hacia Mia, que había permanecido en silencio durante el intercambio, con el rostro pálido pero decidido. "Quédate cerca. No nos iremos de aquí hasta que esto termine".

Mia asintió con voz firme. "Estoy contigo".

Tras echarle una última mirada a Miller, Cole les indicó a los agentes que entraran. Se acercaron a la cabaña con cautela, la tensión se sentía en el aire. Cada sonido, cada movimiento parecía amplificado por la lluvia y el peso de lo que estaban a punto de enfrentar.

Cuando llegaron a la puerta principal, Cole hizo una señal a los agentes para que se dispersaran. Sacó su arma, con el corazón palpitando en su pecho, y le hizo un gesto a Miller. Juntos, derribaron la puerta de una patada, y la madera se astilló bajo la fuerza.

El interior de la cabaña estaba oscuro, el aire estaba cargado con el olor a madera húmeda y algo más, algo que hizo que a Cole se le erizaran los pelos de la nuca. La habitación estaba vacía, salvo por muebles viejos cubiertos de polvo, pero Cole lo sabía mejor. Ese lugar escondía algo.

Miller avanzó, con su linterna cortando la oscuridad. "Por aquí", murmuró, guiándolos hacia una puerta trasera que conducía al exterior.

Mientras cruzaban la entrada trasera, Cole lo vio: un camino que se adentraba más en el bosque. Se le aceleró el pulso. Era allí. El lugar donde se celebraban los rituales, donde se hacían las ofrendas. La tierra que había permanecido intacta durante décadas y que ocultaba sus oscuros secretos.

Siguieron el camino en silencio, mientras la lluvia los empapaba a medida que se adentraban en el bosque. Los árboles se cerraban a su alrededor y sus ramas retorcidas formaban un dosel que ocultaba el cielo. El aire se sentía denso, opresivo, como si el bosque mismo estuviera vivo y los observara.

Y entonces, a través de los árboles, Cole lo vio: un claro más adelante, débilmente iluminado por antorchas parpadeantes. Su corazón se aceleró a medida que se acercaban, el sonido de la lluvia ahogado por el latido de su pulso en sus oídos.

En el centro del claro estaba Lyle Hale, de espaldas a ellos, su silueta recortada contra las llamas de las antorchas. No se movió, no reconoció su presencia. Pero cuando entraron en el claro, Cole supo una cosa con aterradora certeza:

Llegaron demasiado tarde.

El claro estaba en un silencio sepulcral, salvo por el crepitar de las antorchas. La lluvia, que había sido incesante momentos antes, parecía amainar, como si la propia tormenta estuviera conteniendo la respiración. Los ojos de Cole estaban clavados en Lyle Hale, que estaba de pie en el centro del claro, de espaldas a ellos. Su alta figura estaba quieta, desconcertantemente tranquila, como si supiera que estaban allí pero no tuviera intención de correr.

Cole podía sentir que Mia se tensaba a su lado, e incluso los agentes, que se habían desplegado a lo largo del perímetro, parecían paralizados, inseguros de qué hacer a continuación. El sheriff Miller avanzó con cautela, su linterna atravesando la tenue luz.

—¡Lyle! —gritó Miller con voz ronca—. ¡Se acabó! Sea lo que sea lo que estés haciendo, se acabó ahora.

Por un momento, no pasó nada. Lyle no se movió, no se giró para mirarlos. Luego, lentamente, inclinó la cabeza hacia arriba y su voz, tranquila pero llena de algo antiguo e inquietante, atravesó el claro.

—Esto nunca termina —dijo Lyle, con un tono desconcertantemente tranquilo—. Esto lleva ocurriendo siglos. No se puede detener. No se puede cambiar lo que está escrito en el suelo de esta ciudad.

El corazón de Cole latía con fuerza mientras avanzaba, con su arma todavía apuntando a la espalda de Lyle. —Aléjate del centro, Lyle —ordenó Cole con voz tensa—. Esta es tu última oportunidad.

Los hombros de Lyle se estremecieron con una risa baja y escalofriante. Lentamente, se volvió para mirarlos. Sus ojos, oscuros y hundidos, parecían parpadear con una intensidad extraña, como si no estuviera completamente allí, como si algo más hubiera tomado el control. En sus manos, sostenía un libro, con las páginas viejas y desgastadas, el mismo símbolo de los árboles grabado en la tapa.

—No se trata de mí —dijo Lyle, sosteniendo el libro como si fuera un talismán—. Se trata de Graymoor. Se trata de sobrevivir.

A Cole se le revolvió el estómago. —Estás matando gente, Lyle. Crees que estás salvando la ciudad, pero lo único que estás haciendo es continuar con un ciclo de asesinatos.

—No lo entiendes —respondió Lyle, con la voz cada vez más intensa y los ojos ardiendo de fervor—. Las viejas costumbres, los rituales… nos mantienen a salvo. El pueblo sobrevive gracias a los sacrificios. Sin ellos, Graymoor morirá.

Miller dio un paso adelante, con su arma todavía apuntando a Lyle. "¿De qué estás hablando, Lyle? ¿De qué intentas protegernos?"

La mirada de Lyle se desplazó hacia Miller y una triste sonrisa se formó en sus labios. —Del bosque, sheriff. De la oscuridad que vive en él. Los colonos lo sabían, y yo también. El bosque tiene hambre. Siempre lo ha tenido. Si no lo alimentamos, tomará lo que quiera.

Cole sintió el peso de las palabras de Lyle sobre él, como una manta de plomo que le oprimía el pecho. Todo lo que habían descubierto (los diarios, los símbolos, los rituales) conducía a esto. Lyle no era solo un asesino enloquecido. Era un creyente que llevaba a cabo un ritual que creía que mantendría a Graymoor a salvo de algo mucho peor.

—¡Basta! —gritó Cole, dando un paso más hacia él—. No se trata del bosque. Se trata del control, del miedo. Tú y tu familia habéis estado utilizando este pueblo durante generaciones, sacrificando vidas inocentes por una creencia retorcida que os mantiene en el poder.

Los ojos de Lyle brillaron de ira. "¿Crees que puedes detenerlo? ¿Crees que puedes desafiar las viejas costumbres? El bosque se cobrará lo que le corresponde, te guste o no".

Como si respondiera a sus palabras, el viento se levantó y se arremolinó en el claro. Las antorchas parpadearon y proyectaron sombras largas y cambiantes sobre el suelo. Cole se quedó sin aliento mientras el aire se volvía pesado, casi sofocante. Parecía como si el bosque mismo los estuviera observando, esperando.

En el centro del claro, Lyle abrió el libro y pasó las páginas con reverencia. —El ritual debe completarse —dijo en voz baja—. Es la única manera.

Cole dio otro paso hacia adelante, con el arma en alto. —Baja el libro, Lyle.

Pero Lyle no escuchó. En cambio, comenzó a recitar algo, palabras en un idioma que Cole no reconoció, antiguo y gutural. El sonido le provocó un escalofrío en la espalda, como si algo primitivo y antiguo hubiera despertado.

—¡Detenedlo! —gritó Mia, acercándose más y con su propia pistola desenfundada.

Pero antes de que Cole pudiera moverse, la voz de Lyle se elevó hasta un tono febril, las palabras brotaban de él más rápido, más frenéticas. El viento azotaba a su alrededor y el suelo bajo sus pies parecía temblar.

Entonces, a lo lejos, un grito atravesó el aire.

El corazón de Cole dio un vuelco. —¡Mia, ve a echarle un vistazo! —ordenó, con los ojos todavía fijos en Lyle. Mia asintió y corrió hacia el lugar del sonido, desapareciendo entre los árboles con uno de los agentes siguiéndola de cerca.

—¡Lyle, detente! —gritó Cole de nuevo, con voz desesperada. Pero Lyle no se detuvo. Sus ojos estaban desorbitados y las palabras brotaban de él con frenesí. Las antorchas parpadearon de nuevo y las sombras que los rodeaban parecieron estirarse, alargarse, volverse más oscuras, como si algo se moviera en su interior.

De repente, a Lyle se le quebró la voz y cayó de rodillas, con el libro cayendo de sus manos. El viento se calmó, las antorchas se estabilizaron y, por un momento, solo hubo silencio. Lyle se quedó arrodillado allí, con el cuerpo temblando y el rostro desencajado por algo entre el miedo y el éxtasis.

—Ya está —susurró, con voz apenas audible—. El bosque ha sido alimentado.

Cole se abalanzó, pateó el libro y agarró a Lyle por el cuello. "¿Dónde está? ¿Qué has hecho?"

Pero Lyle se limitó a sonreír, con una sonrisa enfermiza y satisfecha. "No puedes detenerlo ahora. El ritual está completo".

Antes de que Cole pudiera reaccionar, otro grito atravesó la noche, este más cerca y lleno de puro terror. Era Mia.

El corazón de Cole se aceleró cuando soltó a Lyle y corrió en la dirección en la que se había ido Mia. Los árboles parecían cerrarse a su alrededor mientras corría, la maleza espesa y enredada lo ralentizaba. La lluvia comenzó de nuevo, una llovizna constante que le empapaba la ropa, pero Cole apenas se dio cuenta. Su mente estaba concentrada en una cosa: llegar hasta Mia.

Atravesó los árboles y llegó a un pequeño claro, respirando entrecortadamente. Mia estaba allí, de pie, congelada en el centro, con la linterna temblando en la mano. Tenía los ojos muy abiertos por el horror y el rostro pálido mientras miraba algo que se encontraba más allá del borde del claro.

Cole siguió su mirada y se le heló la sangre.

Allí, medio escondido entre las sombras, había un altar de piedra, cubierto de musgo y enredaderas. Y sobre el altar, sin vida y pálido, yacía el cuerpo de una mujer joven.

No fue Emma. No fue Anna.

Era Lana.

Las rodillas de Cole se doblaron, el peso de la visión lo golpeó como un puñetazo en el estómago. Se tambaleó hacia adelante, con las manos temblorosas mientras extendía la mano para tocarla, para confirmar lo que sus ojos ya le decían. La piel fría y sin vida bajo sus dedos hizo que su corazón se partiera en pedazos.

—No —susurró con la voz quebrada—. No, no, no.

Mia estaba de pie junto a él, con la mano sobre su hombro y la voz temblorosa. "Cole… lo siento mucho".

Pero Cole apenas la oyó. Su mundo se había derrumbado, los años de búsqueda, los años de culpa, todo derrumbándose a la vez. Había llegado demasiado tarde. Todo ese tiempo, y había llegado demasiado tarde.

Y ahora, la oscuridad la había reclamado.

Y no estaba terminado.

Cole se arrodilló junto al cuerpo de Lana, sofocándolo el peso de su dolor. El tiempo se había detenido y lo único que podía ver era a su hermana, pálida, inmóvil, arrebatada de él una vez más. Le había fallado. Incluso después de todos estos años, después de regresar a Graymoor, después de cada callejón sin salida y cada pista, había fallado.

—Cole —la voz de Mia atravesó la niebla de su mente, suave pero insistente—. Tenemos que irnos. Tenemos que salir de aquí.

Sacudió la cabeza, incapaz de apartar los ojos de Lana. "No puedo... no puedo dejarla aquí".

Mia se agachó a su lado y apoyó la mano en su hombro. —La llevaremos a casa, pero ahora mismo tenemos que salir de aquí antes de que Lyle o quien sea que esté trabajando con él venga a por nosotros.

Cole se obligó a respirar, le dolía el pecho por el peso de todo lo que había perdido. El dolor era intenso, pero debajo de él había algo más que lo agitaba: rabia. Los Hale le habían quitado todo. Le habían robado a su hermana, su paz y su futuro. Y ahora estaban tratando de quitarle aún más.

Se puso de pie, secándose la lluvia del rostro, con los ojos endurecidos por la determinación. "Tienes razón. No hemos terminado".

Mia le hizo un gesto con la cabeza, pero antes de que pudieran moverse, una voz baja resonó entre los árboles, fría y burlona.

"Llegas demasiado tarde, Cole."

El corazón de Cole latía con fuerza cuando se dio la vuelta y vio a Lyle de pie al borde del claro, con el rostro deformado por una cruel sonrisa. Detrás de él, dos figuras emergieron de las sombras: más seguidores de Lyle, con los rostros ocultos por capuchas oscuras. Llevaban antorchas y la luz del fuego proyectaba sombras inquietantes sobre sus rasgos.

Lyle dio un paso adelante, con los ojos brillantes de malévola satisfacción. —El ritual está completo. El bosque ha sido alimentado. Y ahora, no hay nada que puedas hacer para detenerlo.

Cole apretó los puños y su ira se desbordó. —La mataste —gruñó, dando un paso hacia Lyle, con el arma en la mano—. Mataste a mi hermana. ¿Por qué? ¿Por alguna creencia retorcida de que este pueblo necesita sacrificar gente para sobrevivir?

La sonrisa de Lyle no vaciló. —Aún piensas en pequeño, Cole. No se trata de supervivencia, se trata de poder. El bosque nos da poder a cambio de los sacrificios. Poder sobre esta ciudad, sobre la tierra. Los Hale han gobernado Graymoor durante generaciones porque honramos las antiguas costumbres.

—Estás loco —espetó Mia, poniéndose al lado de Cole y apuntando a Lyle con su arma—. No eres más que un asesino que se esconde tras una historia antigua.

La sonrisa de Lyle se desvaneció y su expresión se ensombreció. "Soy un protector. Protejo a este pueblo de la oscuridad que se esconde en el bosque. Los colonos lo sabían. Mi familia lo sabe. Y ahora tú también. Deberías estar agradecido".

La ira de Cole estalló y dio otro paso hacia adelante. "Ya no quiero escucharte. Ya no quiero dejar que tú y tu familia destruyan vidas por vuestra propia versión retorcida de 'protección'".

Sin previo aviso, uno de los seguidores de Lyle se abalanzó sobre Cole y un destello metálico brilló a la luz de la antorcha. Cole disparó su arma instintivamente y el disparo resonó en el claro. El hombre cayó al suelo y su cuchillo cayó al suelo junto a él.

Mia blandió su arma hacia la segunda figura, que dudó una fracción de segundo antes de atacarla. Disparó y el tiro le dio en la pierna. El hombre tropezó, pero siguió avanzando, chocó contra Mia y la tiró al suelo. Cole se giró justo a tiempo para ver la pelea, con el corazón a punto de saltarle a la garganta mientras corría hacia ella.

Mia luchó para empujar al hombre, sus manos agarrando su figura encapuchada. Cole levantó su arma y disparó de nuevo, alcanzando al atacante en el hombro. Él se desplomó con un gruñido, lo que permitió a Mia ponerse de pie, respirando con dificultad.

"¿Estás bien?", preguntó Cole, con la voz ronca por la preocupación.

Mia asintió, pálida pero decidida. "Estoy bien. Pero tenemos que terminar esto".

Se giraron para mirar a Lyle, que permanecía inmóvil, observándolos con ojos fríos y calculadores. —¿Creen que pueden matarme? —se burló Lyle, con la voz llena de desdén—. Pueden matar el cuerpo, pero el poder del bosque nunca morirá. El pueblo siempre nos necesitará. No pueden cambiar eso.

Cole apuntó a Lyle con su arma, con el cañón firme. "No estoy aquí para cambiar el pasado. Estoy aquí para acabar contigo".

Los ojos de Lyle brillaron con algo oscuro y buscó algo debajo de su abrigo. Antes de que Cole pudiera reaccionar, Lyle sacó un cuchillo, cuya hoja brillaba a la luz del fuego. Se abalanzó sobre Cole con una velocidad sorprendente, con el rostro deformado por la furia.

Pero Cole fue más rápido. Disparó una vez y el tiro le dio a Lyle de lleno en el pecho.

Lyle se tambaleó hacia atrás y el cuchillo se le resbaló de la mano mientras se agarraba el pecho. Sus ojos se abrieron de par en par por la sorpresa al tropezar y las rodillas se le doblaron. Cayó al suelo y la sangre se acumuló debajo de él mientras jadeaba en busca de aire.

Por un momento sólo hubo silencio.

Cole se paró junto a Lyle, con el pecho agitado por la adrenalina. Los ojos de Lyle parpadearon y su cuerpo tembló mientras intentaba hablar.

—No... lo... entiendes —dijo Lyle con voz entrecortada, con la sangre brotando de sus labios—. Esto no... ha terminado.

Cole lo miró fijamente y dijo con voz fría: "Es para ti".

Con un último y tembloroso suspiro, Lyle se desplomó y su cuerpo quedó inmóvil.

El claro estaba inquietantemente silencioso ahora, la lluvia suave contra los árboles. Cole estaba allí, con su arma todavía en la mano, su corazón latía aceleradamente mientras procesaba lo que acababa de suceder. Lyle Hale, el hombre que había aterrorizado a Graymoor, que había robado a Lana y a tantos otros, finalmente estaba muerto.

Pero incluso en la muerte, las palabras de Lyle lo persiguieron. *Esto no ha terminado.*

Mia se puso a su lado y dijo con voz suave: —Ya está, Cole. Tú lo detuviste.

Cole asintió, aunque una sensación de inquietud todavía lo carcomía. Había detenido a Lyle, sí. Pero la oscuridad que había vivido en Graymoor durante siglos (la creencia en las viejas costumbres, los rituales) no era algo que pudiera eliminarse con una bala.

"Salgamos de aquí", murmuró Cole, con la voz cargada de cansancio.

Se alejaron del claro y la luz del fuego se fue apagando a sus espaldas mientras caminaban de regreso entre los árboles. La mente de Cole era una tormenta de emociones: alivio, ira, dolor. Lana se había ido, pero él la había vengado. Había puesto fin al reinado de terror de la familia Hale.

Pero en el fondo, sabía que Lyle tenía razón en una cosa.

No había terminado.

Cuando dejaron atrás el bosque, el viento susurró entre los árboles, llevando consigo los ecos de una oscuridad que había vivido en Graymoor durante generaciones.

Y aunque Lyle Hale estaba muerto, la oscuridad todavía estaba esperando.

Mirando.

Hambriento.

Las secuelas

En los días posteriores a la muerte de Lyle Hale, Graymoor parecía contener la respiración. La lluvia había parado por fin, dejando el pueblo empapado y tranquilo, como si estuviera esperando algo, algo que Cole no estaba seguro de poder nombrar. El ritual había terminado, Lyle estaba muerto y, sin embargo, la sensación de inquietud aún persistía.

Cole se quedó fuera de la comisaría, observando cómo las nubes grises se extendían por el cielo. La ciudad había quedado conmocionada hasta sus cimientos por la revelación de los crímenes de Lyle, pero Graymoor tenía una forma de enterrar su oscura historia, fingiendo que no pasaba nada malo. Y ahora, mientras la gente murmuraba sobre la familia Hale y los extraños sucesos en el bosque, esa vieja tendencia de Graymoor a mirar hacia otro lado estaba volviendo a aparecer.

Mia se unió a él afuera, con expresión sombría. "Es extraño, ¿no?" dijo en voz baja. "Todo lo que pasó, y aun así el pueblo está tratando de seguir adelante como si nada hubiera cambiado".

Cole asintió con la cabeza, con la mandíbula apretada. "Así es como funciona este lugar. Entierran cosas. Siempre lo han hecho. Mientras el problema esté fuera de la vista, la gente actuará como si se hubiera solucionado".

Mia frunció el ceño y se cruzó de brazos. —Pero esto no ha terminado. Ambos lo sabemos. El pueblo no puede seguir fingiendo que todo está bien. Los Hale no fueron los únicos que participaron en los rituales. Hay otros, gente que creía en lo que estaban haciendo.

—Lo sé —dijo Cole en voz baja—. Pero a menos que podamos demostrar quién más estuvo involucrado, permanecerán ocultos. La ciudad volverá a ignorar la verdad.

Mia se quedó mirando la calle, por donde pasaban unos cuantos habitantes, con rostros sombríos pero cautelosos, como si no quisieran reconocer lo que había sucedido. "No lo entiendo. ¿Cómo puede la gente fingir? ¿Cómo pueden permitir que algo así siga sucediendo?"

Cole no respondió de inmediato. Llevaba años haciéndose la misma pregunta. Graymoor no era un pueblo cualquiera: tenía secretos enterrados en lo más profundo de sus cimientos, y esos secretos tenían una forma de protegerse. La gente tenía miedo, sí, pero más que eso, estaban acostumbrados a vivir a la sombra de algo que no entendían del todo.

"El miedo hace que la gente haga cosas extrañas", dijo Cole finalmente. "Es más fácil mirar hacia otro lado que enfrentar la verdad, especialmente cuando esa verdad es tan fea".

Mia asintió, aunque la frustración en su rostro no desapareció. "Pero no es solo miedo, Cole. Es complicidad. Algunas de las familias más poderosas de este pueblo fueron parte de esto. Sabían lo que estaban haciendo los Hale y permitieron que sucediera porque los beneficiaba. Ahora, lo enterrarán de nuevo y seguirán adelante, como siempre lo hacen".

Cole apretó la mandíbula. Mia tenía razón. Incluso con Lyle muerto, las fuerzas que habían permitido que los rituales continuaran seguían en pie. Las familias que habían apoyado a los Hale, las que creían en las viejas costumbres, seguían allí, moviendo silenciosamente los hilos tras bambalinas. Y si no se les ponía freno, el ciclo podría volver a empezar.

—No podemos dejar que se salgan con la suya —dijo Mia con voz dura—. Tenemos que seguir insistiendo, Cole. Hay más cosas por descubrir.

Cole se volvió para mirarla con expresión seria. —Lo sé, pero tenemos que ser inteligentes. Las personas involucradas en esto no se van a rendir porque hayamos derrotado a Lyle. Lucharán para proteger su legado, su poder.

Mia lo miró a los ojos, con determinación en los ojos. "Entonces contraatacamos".

Cole asintió lentamente, aunque el peso de la tarea que tenía por delante pesaba sobre sus hombros. La batalla no había terminado. Graymoor tenía raíces profundas en su oscura historia y arrancarlas no iba a ser fácil. Pero no podían detenerse ahora. Demasiadas personas habían muerto, demasiadas vidas habían sido destruidas.

"Primero, tenemos que averiguar quién más estuvo involucrado", dijo Cole. "Los Hale no eran la única familia vinculada a los rituales. Hay una red y tenemos que desmantelarla pieza por pieza".

Mia exhaló bruscamente, con una determinación clara. "Los encontraremos. Y esta vez, nos aseguraremos de que no puedan ocultar la verdad".

Mientras permanecían en el aire fresco de la mañana, mientras la ciudad a su alrededor seguía moviéndose como si nada hubiera sucedido, Cole sintió la familiar atracción de las sombras de Graymoor. La ciudad ahora era frágil, su calma era una ilusión. Y debajo de esa calma, la oscuridad todavía acechaba, esperando su momento.

Pero esta vez, Cole no dejaría que volviera a surgir. Esta vez, él y Mia estarían listos.

Cualquiera que fuese lo que Graymoor intentaba ocultar, lo descubrirían de una forma u otra.

Al día siguiente, Cole recibió una llamada del alcalde Simmons. La petición era sencilla: acudiera a su despacho de inmediato. Cole se dio cuenta por el tono de su voz de que el alcalde no estaba contento. Se lo esperaba. Después de la muerte de Lyle Hale, el alcalde se esforzaría por controlar la narrativa, por proteger la reputación de la ciudad. Pero Cole no estaba de humor para bromas ni para política.

La oficina del alcalde estaba en el corazón de Graymoor, un edificio antiguo y majestuoso que parecía fuera de lugar en una ciudad llena de secretos. Cuando Cole entró en la oficina, el alcalde Simmons ya estaba sentado detrás de su gran escritorio de roble, con los dedos entrelazados y una expresión fría. Su asistente cerró la puerta detrás de Cole y los dejó solos en la habitación silenciosa.

—Detective Cole —dijo el alcalde, indicándole que se sentara—. Tenemos que hablar.

Cole permaneció de pie. "Supongo que se trata de Lyle Hale".

Simmons frunció el ceño, claramente irritado por la franqueza de Cole. "Mataste a uno de los hombres más respetados de Graymoor, Cole. La ciudad está alborotada. La gente exige respuestas".

—Lyle no era respetado —dijo Cole con voz dura—. Era un asesino. Él y su familia han estado detrás de las desapariciones durante décadas. Tú lo sabes tan bien como yo.

Simmons lo miró fijamente, con la mandíbula apretada. —Lyle Hale está muerto, sí. Pero la forma en que manejaste las cosas, irrumpiendo en una propiedad privada y disparándole a sangre fría, no es así como hacemos las cosas en Graymoor.

Cole apretó los puños. —Hice lo que tenía que hacer. Lyle estaba a punto de completar otro ritual, otro sacrificio. Lo detuvimos antes de que se perdieran más vidas.

El alcalde se puso de pie, su expresión se ensombreció mientras caminaba alrededor del escritorio, parándose a pocos metros de Cole. "¿Sabes el tipo de lío que has creado? ¿Sabes cuántas preguntas estamos recibiendo del estado, de los medios? La gente de Graymoor está aterrorizada, y tú solo has empeorado las cosas".

A Cole le hirvió la sangre, pero mantuvo la voz firme. —¿Yo empeoré las cosas? Tú eres el que ha estado mirando para otro lado durante años. Dejaste que Lyle y su familia siguieran haciendo esto, ¿y ahora quieres culparme por haberlo detenido finalmente?

Los ojos de Simmons brillaron de ira. "No entiendes cómo funcionan las cosas aquí, Cole. Este pueblo ha sobrevivido durante generaciones porque mantenemos la paz. Manejamos las cosas con discreción. Lo que hiciste rompió ese equilibrio".

—¿El equilibrio? —replicó Cole, incrédulo—. ¿Quieres decir que has estado protegiendo a los Hale y dejando morir a gente inocente? Eso no es equilibrio, Simmons, eso es corrupción.

El rostro del alcalde se endureció y su voz bajó a un tono peligroso. —Estás en un lío que te supera, Cole. Los Hale no eran una familia cualquiera, formaban parte de algo más grande. Esta ciudad se basa en esas viejas costumbres, te guste o no. Crees que has ganado al derrotar a Lyle, pero acabas de patear un avispero.

Cole se acercó y dijo con voz fría: —Entonces, quizá sea hora de que alguien queme todo el nido.

Simmons entrecerró los ojos. —Crees que eres un héroe, ¿no?

¿Crees que puedes volver aquí después de todos estos años y derribar todo lo que hemos construido?

Cole no se inmutó. "Lo que has construido es una mentira. Y voy a exponerlo".

El alcalde lo miró fijamente durante un largo momento. La tensión entre ellos era tan intensa que se podía cortar con un cuchillo. Finalmente, Simmons dejó escapar un suspiro lento y su ira dio paso a algo más frío y calculador.

—No entiendes a qué te enfrentas, Cole —dijo en voz baja—. Los Hale eran sólo una parte de la historia. Hay otras familias, otras personas en este pueblo, que harían lo que fuera para proteger el legado. No puedes ganar esta lucha.

Los ojos de Cole se clavaron en los del alcalde, con una peligrosa determinación en su mirada. "He perdido demasiado como para marcharme ahora".

Simmons se inclinó hacia delante y su voz apenas era un susurro. —Entonces perderás mucho más. Ten cuidado, detective. Graymoor no es lugar para héroes.

Cole sostuvo la mirada del alcalde por un momento más antes de darse vuelta y salir de la oficina, la puerta se cerró detrás de él con un ruido sordo. Su corazón latía con fuerza, su ira apenas podía contenerse. Simmons no solo le estaba advirtiendo, lo estaba amenazando. El alcalde tenía razón en una cosa: todavía había gente en Graymoor que haría cualquier cosa para mantener sus secretos enterrados. Pero Cole no iba a dar marcha atrás. No ahora. No después de todo lo que había pasado.

Mientras salía al aire fresco, su mente ya estaba pensando en su próximo movimiento. Las palabras del alcalde solo habían confirmado lo que ya sospechaba: Lyle no era el único involucrado en los rituales. Había otros, y todavía estaban allí, escondidos a plena vista. Él y Mia habían descubierto parte de la verdad, pero había más. Las raíces de la oscuridad de Graymoor eran profundas, y se necesitaría algo más que acabar con un hombre para detenerla.

Pero no tenía miedo. Había pasado toda su vida huyendo de Graymoor, de la culpa por haber perdido a Lana, de las sombras que lo perseguían. Ahora, estaba listo para luchar.

Mientras bajaba las escaleras del Ayuntamiento, su teléfono vibró en su bolsillo. Lo sacó y vio un mensaje de Mia: **Encontré algo. Nos vemos en el restaurante.**

A Cole se le aceleró el pulso. Fuera lo que fuese lo que había descubierto Mia, era importante. Aún no habían terminado. Ni mucho menos.

Volvió a guardar el teléfono en el bolsillo y se dirigió a su coche, con el peso de la advertencia del alcalde todavía sobre él. Graymoor se estaba preparando para contraatacar, para proteger sus secretos, pero Cole no iba a dar marcha atrás. No esta vez.

Puede que la ciudad no esté preparada para la verdad, pero Cole iba a sacarla a la luz, sin importar el coste.

El restaurante estaba casi vacío cuando llegó Cole. La lluvia había vuelto a arreciar, convirtiendo las calles en ríos oscuros y resbaladizos que reflejaban el tenue resplandor de las farolas. En el interior, el zumbido de los ventiladores de techo se mezclaba con el ruido de los platos que salían de la cocina. Unos cuantos rezagados que habían dormido tarde estaban sentados encorvados sobre sus tazas de café, pero Cole estaba concentrado por completo en el reservado de la esquina donde esperaba Mia.

Ella levantó la vista en cuanto él entró, con una expresión que mezclaba urgencia y agotamiento. No había dormido, eso estaba claro, y él tampoco. Pero ahora estaban cerca y ninguno de los dos estaba dispuesto a detenerse.

Cole se sentó en la cabina frente a ella, se quitó la chaqueta y se sacudió la lluvia. "¿Qué encontraste?"

Mia echó un vistazo a su alrededor antes de inclinarse y bajar la voz. "Se trata de la familia Hale. Pero no solo de ellos, sino también de otras familias. Existe una conexión que es más profunda de lo que pensábamos".

El pulso de Cole se aceleró. "Continúa."

Mia abrió su cuaderno y extendió sobre la mesa una serie de recortes de periódicos antiguos, documentos y notas escritas a mano. "He estado revisando viejos registros de la ciudad, el tipo de cosas que nadie se molesta en mirar ya: títulos de propiedad, documentos de herencia, donaciones hechas a la ciudad a lo largo de los años. Y comencé a notar un patrón. Los Hale no eran los únicos vinculados a los rituales. Eran solo una parte de un grupo más grande".

Cole frunció el ceño y examinó los papeles. "¿Te refieres a un grupo de familias? ¿Quiénes?"

Mia asintió y recorrió con el dedo los nombres de uno de los documentos. —Los Hales, obviamente. Pero también los Thatcher, los Willoughby y los Garret. Todas estas familias tienen raíces profundas en Graymoor, al igual que los Hales. Y aquí es donde se pone interesante: cada una de estas familias posee grandes extensiones de tierra que bordean el bosque. Han estado aquí desde que se fundó el pueblo y han participado en casi todas las decisiones importantes de la historia de Graymoor.

"Como una sociedad secreta", murmuró Cole, mientras su mente analizaba las implicaciones.

"Exactamente", dijo Mia. "Estas familias han estado dirigiendo Graymoor durante generaciones, todo bajo el radar. Controlan la tierra, controlan el dinero y controlan el consejo municipal. Pero eso no es todo. Investigué más y encontré registros de reuniones antiguas: reuniones a puerta cerrada entre los jefes de estas familias, que datan de hace décadas. Estas reuniones siempre tuvieron lugar cerca de la fecha de eventos importantes para la ciudad, como las ampliaciones o los nuevos proyectos de construcción".

—O desapariciones —dijo Cole con un tono frío en la voz.

Mia lo miró a los ojos con expresión seria. —Sí. Cada vez que alguien desaparecía, estas familias se reunían. Es como si lo estuvieran planeando, manteniendo los rituales en marcha mientras se mantenían ocultos tras su riqueza y poder.

Cole sintió que se le revolvía el estómago. "Así que las desapariciones fueron coordinadas. No fueron simples sacrificios al azar. Estas familias estaban decidiendo a quién se llevarían".

Mia asintió. "Eso es lo que parece. Los Hale fueron los que llevaron a cabo los rituales, pero no estaban solos. Las otras familias los respaldaron, asegurándose de que todo permaneciera en silencio, asegurándose de que el pueblo nunca hiciera preguntas".

Cole se reclinó en su asiento, el peso del descubrimiento de Mia lo golpeó como un puñetazo en el estómago. Sabía que había más en la oscuridad de Graymoor, pero esto... esto era más profundo, más insidioso de lo que había imaginado. El pueblo entero había sido controlado por un grupo de familias poderosas, todas trabajando juntas para mantener vivas las viejas costumbres, para protegerse a costa de vidas inocentes.

—Esas familias —dijo Cole en voz baja— todavía están en Graymoor. Todavía están aquí, ¿no?

Mia asintió. —La mayoría de ellos, sí. Han conservado

su influencia, aunque ahora sea menos evidente. Poseen propiedades, negocios y aún tienen influencia sobre el consejo municipal. Pero lo cierto es que se han mantenido limpios. Dejaron que los Hale cargaran con la culpa de todo, que ellos cargaran con la carga de los asesinatos. Así que cuando Lyle murió, pensaron que el problema ya estaba solucionado.

Cole apretó la mandíbula. —Pero no ha sido así.

—No —convino Mia—. No ha sido así. Estas familias siguen protegiendo algo, algo más grande que los sacrificios rituales. Creo que el poder que tienen, el control sobre la ciudad, proviene de lo que esos rituales pretendían proteger. Creen que es la clave para su supervivencia, para su legado.

Cole exhaló bruscamente y se pasó una mano por el pelo. "Esto es más grave de lo que pensaba. Lyle fue solo el comienzo. Si estas familias están involucradas, si han estado dirigiendo las cosas tras bambalinas, entonces acabar con Lyle no fue suficiente".

Los ojos de Mia se encontraron con los suyos, con voz firme. —Tenemos que desenmascararlos, Cole. A todos ellos. Si no lo hacemos, seguirán ocultándose en las sombras, esperando a que comience el siguiente ciclo. Encontrarán otra forma de proteger su legado.

La mente de Cole trabajaba a toda velocidad. Había venido a Graymoor para detener los asesinatos, para averiguar qué les había pasado a Lana y a los demás, pero ahora se enfrentaba a algo mucho más grande que un solo asesino. Todo el pueblo era cómplice, controlado por un grupo de familias que creían que estaban protegiendo algo antiguo y poderoso.

"No voy a permitir que sigan haciendo esto", dijo Cole, con la voz endurecida por la determinación. "Tenemos que sacar todo a la luz. Revelar todo el asunto".

Mia se acercó más y su voz se convirtió en un susurro. —He descubierto algo más. Esta noche habrá una reunión privada entre los jefes de familia que quedan. No sé qué están planeando, pero se celebrará en la antigua finca Thatcher, cerca del límite del bosque.

El corazón de Cole latía con fuerza. "¿Crees que saben que los estamos siguiendo?"

—No lo sé —dijo Mia, mordiéndose el labio—. Pero han estado en silencio desde la muerte de Lyle, y eso me preocupa. Sea lo que sea lo que se trate esta reunión, no puede ser nada bueno. Si están planeando algo para borrar sus huellas, tenemos que detenerlo antes de que desaparezcan de nuevo.

Cole asintió, con la mente acelerada. "Vamos a ir. Nos infiltraremos, veremos qué están planeando y reuniremos todas las pruebas que podamos. Si podemos atraparlos en el acto, finalmente podremos acabar con todo esto".

Mia pareció dudar por un momento, pero luego asintió, con una determinación que coincidía con la de él. "Es peligroso, Cole. Esta gente no nos va a permitir que los desenmascaremos sin luchar".

La mirada de Cole era fría y su voz firme. —Lo sé, pero hemos llegado demasiado lejos como para dar marcha atrás ahora.

Mientras se levantaban para marcharse, el peso de lo que estaban a punto de hacer se apoderó de ellos. Las familias que habían controlado Graymoor durante generaciones no iban a rendirse sin luchar, y Cole sabía que lo que sucediera esa noche podría cambiarlo todo. Estaban caminando hacia el corazón de la oscuridad de la ciudad, pero por primera vez, estaban preparados.

"Terminemos con esto", dijo Mia en voz baja mientras caminaban bajo la lluvia.

Cole asintió, con el corazón acelerado por una mezcla de adrenalina y rabia. Las familias que habían construido Graymoor habían estado ocultando sus secretos durante demasiado tiempo. Esa noche, iban a sacarlo todo a la luz.

Y esta vez, no habría vuelta atrás.

La lluvia había aumentado cuando Cole y Mia llegaron a la antigua finca Thatcher. La enorme mansión se alzaba al borde del bosque, con sus altas torres góticas que se recortaban contra el cielo tormentoso. El camino de entrada estaba bordeado de árboles, cuyas ramas se mecían con el viento, y una luz tenue se filtraba por las ventanas, proyectando sombras inquietantes sobre el terreno.

Habían aparcado a cierta distancia, aprovechando la protección de los árboles para acercarse a la finca sin ser vistos. A medida que se acercaban a la casa, el corazón de Cole latía con fuerza, una mezcla de adrenalina y miedo recorriéndolo. Estaban entrando en la guarida del león, un lugar donde las familias más poderosas de Graymoor se habían reunido durante generaciones para tomar decisiones en secreto. Pero esta noche, Cole y Mia iban a ser los que descubrieran esos secretos.

—¿Estás seguro de esto? —susurró Mia, agachándose junto a él detrás de un seto espeso. Su rostro estaba pálido en la penumbra, pero sus ojos eran decididos.

Cole asintió con la cabeza y apretó la mandíbula. —Necesitamos saber qué están planeando. Si no detenemos esto ahora, encontrarán una forma de mantener los rituales en marcha, tal vez no con los Hale, pero sí con alguien más.

Mia exhaló suavemente y miró hacia la finca. "No podemos dejar que nos vean. Harán lo que sea necesario para conservar su poder. Si nos atrapan..."

"No lo haremos", dijo Cole, aunque conocía el riesgo. Estas

familias habían controlado Graymoor durante años y no dudarían en silenciar a cualquiera que amenazara su legado.

Se acercaron más, manteniéndose entre las sombras, sus pasos amortiguados por el suelo empapado por la lluvia. La mente de Cole se llenó de posibilidades. Habían venido allí para reunir pruebas, para atrapar a las familias en el acto de planear algo. Pero no podía quitarse la sensación de que, fuera lo que fuese lo que encontraran dentro de esa casa, sería más oscuro y más peligroso de lo que esperaba.

La entrada lateral de la mansión estaba abierta, tal como Mia esperaba. Entraron y cerraron la puerta suavemente. El interior de la casa era grandioso, con techos altos y paneles de madera oscura, pero tenía una sensación de decadencia, como si la grandeza hubiera estado desapareciendo durante años, al igual que las familias que la habitaban.

Se arrastraron por los pasillos, mientras el distante murmullo de voces los guiaba hacia la reunión. Cuanto más avanzaban, más se le aceleraba el pulso a Cole. El aire estaba cargado de la tensión de algo antiguo, algo que había estado oculto en Graymoor durante demasiado tiempo.

Finalmente, llegaron a una puerta al final de un largo pasillo. Las voces eran más claras ahora, bajas y conspirativas. Cole pegó la oreja a la puerta, escuchando.

—¿Estás seguro de que esto funcionará? —preguntó una voz profunda y autoritaria—. Después de la muerte de Lyle, debemos asegurarnos de que la ciudad siga bajo nuestro control. Lo último que necesitamos es que la gente se vuelva contra nosotros.

—Por supuesto que funcionará —respondió otra voz, tranquila y fría—. Lyle fue imprudente, pero los rituales en sí no son el problema. El pueblo debe creer en ellos, en su necesidad.

Si no lo hace, todo lo que hemos construido se derrumbará.

A Cole se le encogió el pecho. Era la prueba que necesitaban. Las familias seguían intentando controlar la ciudad, seguían usando los rituales como una forma de mantener el poder. Y ahora, con Lyle muerto, luchaban por proteger su dominio sobre Graymoor.

Mia se acercó más y frunció el ceño. —Están intentando salvar los rituales —susurró—. No se rendirán.

Cole asintió con tristeza, con la mente acelerada. Tenían que averiguar más. Necesitaban pruebas concretas para acabar con ellos, para exponer toda la operación. Lentamente, giró el pomo de la puerta y la abrió apenas un poco.

En el interior, la habitación estaba tenuemente iluminada por una lámpara de araña, y la luz del fuego de la gran chimenea de piedra proyectaba sombras parpadeantes sobre los rostros de las personas sentadas alrededor de una mesa larga y oscura. Cole reconoció a algunos de ellos de inmediato: los jefes de las familias más poderosas de Graymoor. Henry Thatcher, alto y demacrado, estaba sentado a la cabecera de la mesa, con expresión severa. A su lado estaba Evelyn Garret, sus rasgos afilados suavizados solo por la luz tenue. Y había otros: hombres y mujeres que Cole había visto por la ciudad, pero nunca se dio cuenta de que formaban parte de algo tan siniestro.

"Ahora que Lyle se ha ido, necesitamos a alguien nuevo que tome las riendas", dijo Thatcher, con una voz que transmitía autoridad. "Alguien en quien la ciudad confíe, alguien que pueda liderar el próximo ciclo sin levantar sospechas".

—¿A quién estás sugiriendo? —preguntó Evelyn Garret, con voz fría y calculadora.

Thatcher se reclinó en su silla y una lenta sonrisa se extendió por su rostro. "Traeremos a alguien de afuera. Alguien a quien nadie cuestionará. Pero lo guiaremos, lo controlaremos. La ciudad nos seguirá, como siempre lo ha hecho".

A Cole se le revolvió el estómago. Estaban planeando traer una marioneta, alguien que ocupara el lugar de Lyle y mantuviera los rituales en marcha, alguien que mantuviera el control sobre Graymoor. Tenía que detener esto... ahora.

Pero antes de que pudiera reaccionar, la puerta detrás de ellos crujió.

Tanto él como Mia se quedaron paralizados e intercambiaron una mirada de pánico. Las voces en la habitación se detuvieron y se oyeron pasos que se dirigían hacia la puerta.

"Te estábamos esperando", gritó la voz de Thatcher, escalofriantemente tranquila.

Cole apenas tuvo tiempo de reaccionar antes de que la puerta se abriera de golpe. Henry Thatcher estaba allí, con sus fríos ojos azules clavados en los de Cole. Una lenta y peligrosa sonrisa curvó sus labios.

—Detective Cole —dijo Thatcher, con una voz que destilaba falso encanto—. Me preguntaba cuándo aparecería. Supongo que ha venido para enterarse de nuestra pequeña reunión, ¿no?

Mia se puso tensa junto a Cole y movió la mano hacia su arma. Cole levantó una mano para indicarle que mantuviera la calma. Los superaban en número y no tenían idea de en qué se estaban metiendo.

—Has estado controlando esta ciudad durante años —dijo Cole con voz dura—. Utilizas los rituales para atemorizar a la gente, para mantenerla a raya.

La sonrisa de Thatcher no vaciló. "Hemos estado preservando Graymoor, detective. Todo lo que hacemos, lo hacemos para la supervivencia de este pueblo. Sin los rituales, sin los sacrificios, Graymoor se desmoronaría".

—¿Crees que estás salvando este lugar? —preguntó Cole—. Estás asesinando a gente inocente.

La expresión de Thatcher se ensombreció. "Hay que hacer sacrificios. Siempre ha sido así. Tú, más que nadie, deberías entenderlo a estas alturas".

—Ya no —dijo Cole, dando un paso adelante—. Esto termina aquí. Tenemos suficiente para exponerte a ti y a todos los involucrados.

Por un momento, los ojos de Thatcher brillaron con algo peligroso, pero luego se hizo a un lado y señaló a los demás que estaban en la habitación. "¿Exponernos? ¿Y qué cree que sucederá, detective? ¿La gente de Graymoor se volverá contra nosotros? ¿Contra sus protectores?"

La ira de Cole estalló. "Los verán como lo que son: manipuladores, asesinos. Y me aseguraré de que así sea".

Pero mientras hablaba, se dio cuenta de la gravedad de la situación. Estaban de pie en medio de la mansión, rodeados por las personas más poderosas de Graymoor. Incluso si tuvieran las pruebas, estas familias no se rendirían sin luchar. Y Cole sabía que salir de allí no sería fácil.

La sonrisa de Thatcher volvió a aparecer, pero ahora había algo cruel en ella. —Nos has subestimado, Cole. Hemos estado dirigiendo esta ciudad durante generaciones y seguiremos haciéndolo. No eres más que una tormenta pasajera. Nosotros somos Graymoor.

El corazón de Cole se aceleró mientras retrocedía lentamente, indicándole a Mia que lo siguiera. "Ya veremos".

Cuando se dieron la vuelta para marcharse, la voz de Thatcher resonó tras ellos: "No puede detener el ciclo, detective. Ya ha comenzado".

Las palabras provocaron un escalofrío en la espalda de Cole.

Esto no había terminado. Ni mucho menos.

Y cuando dejaron atrás la mansión, supo que la lucha para salvar a Graymoor apenas estaba comenzando.

Cole y Mia apenas lograron salir de la mansión cuando el peligro se hizo palpable. Cuando entraron en la fría noche lluviosa, el viento aulló entre los árboles, azotando las ramas como dedos esqueléticos. En el momento en que cruzaron el umbral, la puerta detrás de ellos se cerró de golpe con un ruido sordo y siniestro. El aire se sentía denso por la tensión, como si el bosque mismo estuviera observando, esperando lo que sucedería a continuación.

—Tenemos que salir de aquí ahora mismo —susurró Mia, respirando entrecortadamente.

Cole asintió con la cabeza, con el corazón palpitando con fuerza. Podía sentir el peso de la noche presionándolos. Las palabras de Thatcher todavía resonaban en sus oídos: *No puede detener el ciclo, detective. Ya ha comenzado.*

Corrieron a través de los terrenos de la finca, agachados y pegados a las sombras. La lluvia había convertido el camino en un desastre resbaladizo, lo que dificultaba aún más su escape. La mente de Cole corría con todo lo que habían escuchado. Las familias estaban planeando reemplazar a Lyle, traer a otra persona para liderar el retorcido legado de sacrificios y control de la ciudad. Si no los detenían pronto, todo volvería a suceder: más vidas inocentes se cobrarían, más poder se concentraría en las manos de estas familias que habían estado manipulando a Graymoor durante generaciones.

El sonido de pasos crujiendo sobre la grava detrás de ellos provocó una oleada de adrenalina en las venas de Cole. Miró por encima del hombro y se le aceleró el pulso. En la oscuridad, unas figuras oscuras se movían y se acercaban a ellos.

—Ya vienen —siseó Mia con voz tensa.

—Sigue adelante —lo instó Cole, con la voz tensa por la urgencia. Podía sentir el peso de su arma enfundada a su costado, pero no quería usarla a menos que no tuviera otra opción. Lo último que necesitaban era un tiroteo en la finca, especialmente contra personas que tenían todo el poder en Graymoor.

Los pasos se hicieron más fuertes y más cercanos. Cole pudo distinguir varias figuras que surgían de las sombras que rodeaban la finca: hombres que trabajaban para las familias y que harían cualquier cosa para proteger sus secretos. La lluvia caía con más fuerza y el sonido se mezclaba con los rápidos latidos del corazón de Cole.

—¡Por ahí! —Mia señaló hacia un estrecho hueco entre los setos que había al borde de la finca. Conducía al denso bosque que rodeaba la mansión Thatcher, un laberinto de árboles y maleza que les daría refugio.

Corrieron hacia el hueco, y apenas lograron atravesarlo antes de que el primero de sus perseguidores llegara al lugar donde habían estado momentos antes. Cole escuchó voces que los llamaban detrás de ellos, pero no se detuvo. El bosque se cerró a su alrededor, espeso y oscuro, los árboles se alzaban como centinelas silenciosos en la tormenta.

—No estamos lejos del coche —murmuró Cole, con la voz entrecortada—. Sigue adelante.

Mia asintió, pálida pero decidida. Avanzaron a través de la espesa maleza, con la ropa empapada y las botas llenas de barro. El suelo del bosque era traicionero, la lluvia lo volvía resbaladizo y desigual. Cada paso parecía una lucha contra los elementos y contra la creciente sensación de miedo que los perseguía a través del bosque.

De repente, un fuerte crujido resonó entre los árboles: un disparo.

Cole se estremeció y se agachó instintivamente cuando sonó el disparo. Agarró el brazo de Mia y la arrastró hasta detrás de un gran árbol. La corteza le dolía en la espalda cuando se apretó contra ella y su respiración era entrecortada.

—Nos están disparando —jadeó Mia, con la voz llena de miedo—. ¿Qué hacemos?

Cole escudriñó el bosque oscuro, con la mente acelerada. No podían quedarse allí. Si los tenían inmovilizados, no tendrían ninguna oportunidad. Pero correr a ciegas entre los árboles mientras alguien les disparaba tampoco era exactamente una opción.

Se oyó otro disparo, esta vez más cerca, y Cole tomó una decisión: "Tenemos que seguir avanzando. Están intentando hacernos salir".

Le hizo un gesto a Mia para que se mantuviera agachada mientras se arrastraban entre los árboles, manteniéndose lo más a la sombra posible. La lluvia caía con más fuerza ahora, lo que dificultaba ver o escuchar algo con claridad. Pero también funcionó a su favor: el sonido de la lluvia enmascaraba sus pasos y los árboles densos proporcionaban algo de protección.

Se abrieron paso por el bosque, intentando poner la mayor distancia posible entre ellos y los hombres que los perseguían, pero Cole aún podía oírlos, sus voces débiles pero decididas, llamándose unos a otros mientras buscaban en el bosque.

—Estamos cerca —susurró Cole, señalando hacia delante. A través de las ramas espesas, apenas podía distinguir el contorno tenue de la carretera donde habían estacionado. Si lograban llegar hasta el auto, tal vez tendrían una oportunidad de escapar.

Pero a medida que se acercaban a la carretera, el sonido de

los pasos se hizo más fuerte. Sus perseguidores se acercaban y rápidamente.

De repente, una figura apareció en la oscuridad y les bloqueó el paso. Uno de los hombres que los perseguía estaba allí, con el arma en alto y el rostro oculto por las sombras de los árboles.

"No te muevas", gruñó el hombre con voz fría.

La mano de Cole se movió instintivamente hacia su propia pistola, pero antes de que pudiera reaccionar, Mia hizo algo que no esperaba. Sin previo aviso, agarró una rama gruesa del suelo y la agitó con todas sus fuerzas, sorprendiendo al hombre. La rama lo golpeó de lleno en el pecho, haciéndole perder el equilibrio. Se tambaleó hacia atrás y su pistola cayó al suelo con un ruido sordo.

—¡Corre! —gritó Mia con voz urgente.

No hizo falta que se lo dijeran dos veces. Agarró la mano de Mia y juntos corrieron hacia la carretera. El sonido del hombre que luchaba por levantarse detrás de ellos los animó a seguir adelante, con las piernas ardiendo mientras corrían por el último tramo de árboles.

Atravesaron la línea de árboles y entraron en la carretera donde estaba estacionado su coche. Cole buscó las llaves en el bolsillo, con las manos temblando por la adrenalina. Abrió el coche y ambos entraron a toda prisa justo cuando el primero de sus perseguidores llegó a la carretera.

Cole puso en marcha el motor y pisó a fondo el acelerador. Los neumáticos chirriaron sobre el pavimento mojado mientras se alejaban a toda velocidad, dejando a los hombres a la distancia y sus figuras desapareciendo en la noche.

Durante un largo momento, ninguno de los dos habló. El único sonido era el rugido del motor y el golpeteo constante de la lluvia contra el parabrisas. Las manos de Cole agarraban el volante con fuerza, con el corazón todavía acelerado por el accidente.

Mia dejó escapar un suspiro tembloroso y su cuerpo se desplomó contra el asiento. "Lo logramos".

Cole asintió, aunque el peso de lo que acababa de suceder todavía se sentía en el aire. "Apenas".

Condujeron en silencio durante unos minutos más, mientras la lluvia seguía cayendo a cántaros, bañando el coche como una ola purificadora. Pero Cole ya estaba pensando en lo que vendría después. Habían escapado, por ahora, pero las familias más poderosas de Graymoor todavía estaban allí, conspirando, aferrándose a su oscuro legado.

—Esto no ha terminado, ¿verdad? —preguntó Mia en voz baja, con un dejo de cansancio en la voz.

Cole negó con la cabeza. "No. Ni de lejos".

Habían aprendido lo suficiente esa noche para saber que las familias no iban a detenerse. El ciclo ya había comenzado y, a menos que encontraran una manera de exponer todo, de derribar cada pieza de la red que había controlado Graymoor durante generaciones, todo volvería a suceder.

Pero Cole no iba a permitir que eso sucediera. Había regresado a Graymoor en busca de respuestas y ahora, más que nunca, estaba decidido a lograrlo.

"No corran más", dijo con voz firme. "Vamos a detenerlos".

Mia asintió, con los ojos oscuros pero decididos. "Juntos".

El agarre de Cole en el volante se hizo más fuerte mientras conducían hacia la noche, lejos de las sombras del bosque.

Juntos, sacarían la oscuridad a la luz. Cueste lo que cueste.

El ajuste de cuentas

A la mañana siguiente de su fuga por los pelos de la finca Thatcher, Cole y Mia estaban sentados en la pequeña habitación del motel en la que se habían refugiado, con el peso del descubrimiento sobre ellos. La tenue luz se filtraba a través de las finas cortinas y proyectaba largas sombras en la habitación. No habían dormido, la adrenalina todavía corría por sus venas desde la noche anterior. Pero ahora necesitaban un plan, uno real.

Cole caminaba de un lado a otro, pensando en todo lo que habían descubierto. Las familias que controlaban Graymoor, los rituales, las desapariciones… Tenían las piezas del rompecabezas, pero exponerlo era otra historia. Esas personas eran poderosas, estaban profundamente arraigadas en la historia del pueblo y se habían salido con la suya durante generaciones. Si no manejaban la situación de la manera correcta, todo se les podía escapar de las manos.

Mia estaba sentada en el borde de la cama, con el portátil abierto, escribiendo frenéticamente. "He estado revisando todos los registros que hemos reunido: notas de reuniones antiguas, transacciones de tierras, incluso algunas de las decisiones del consejo municipal. Todo está aquí, Cole. Han estado dirigiendo todo tras bastidores durante años".

Cole dejó de caminar y miró la pantalla. —Es suficiente para empezar, pero necesitamos más. Necesitamos pruebas que los vinculen directamente con las desapariciones, con los rituales. Sin eso, es nuestra palabra contra la de ellos. Y créeme, nos enterrarán si no tenemos pruebas.

Mia asintió, sus dedos todavía moviéndose por el teclado. "He estado tratando de hackear algunos de los viejos registros financieros. Si podemos encontrar un rastro de dinero que los vincule con las operaciones en el bosque, eso podría ayudar. Pero es un proceso lento".

Cole se frotó la nuca, la frustración lo carcomía. "No tenemos mucho tiempo. Saben que estuvimos allí anoche. Probablemente ya estén pensando cuál será su próximo movimiento, y si deciden arreglar los cabos sueltos…"

Mia no necesitaba que él terminara de pensar. Ambos sabían lo peligrosa que se había vuelto la situación. Las familias no dudarían en eliminar a cualquiera que amenazara su legado y, en ese momento, Cole y Mia estaban en la cima de esa lista.

"No podemos hacer esto solos", dijo Mia, mirándolo. "Necesitamos aliados. Personas del pueblo que no tengan relación con las familias, personas que nos escuchen, que puedan ayudarnos a sacar esto a la luz".

Cole frunció el ceño mientras consideraba la idea. "¿En quién podemos confiar? La mayoría de las personas que están en el poder están vinculadas a esas familias. El alcalde está en su bolsillo, e incluso algunos policías podrían estar involucrados".

El rostro de Mia se iluminó con un pensamiento. "¿Qué pasa con el sheriff Miller? Ha estado caminando sobre una delgada línea, pero en el fondo, sabe la verdad sobre lo que ha estado sucediendo. Admitió que sabía sobre los Hale, y no creo que le guste que la élite de la ciudad lo controle".

Cole dudó. El sheriff Miller había sido cómplice de la oscura historia de Graymoor, al mirar para otro lado durante años mientras las familias manejaban los asuntos tras bastidores. Pero también parecía realmente afectado por los acontecimientos recientes. Miller había perdido el control de la ciudad y Cole sospechaba que podría estar buscando una forma de arreglar las cosas, aunque solo fuera para salvarse.

"Es arriesgado", dijo Cole. "Pero no tenemos muchas opciones. Si logramos que Miller esté de nuestro lado, podríamos sacar esto adelante. Pero tendremos que tener cuidado. Si se vuelve contra nosotros…"

Mia asintió. "Es una apuesta arriesgada, pero él es nuestra mejor opción. Necesitamos a alguien en el interior".

Cole respiró profundamente, sintiendo el peso de la decisión. "Está bien. Reunámonos con él. Pero tenemos que ser inteligentes al respecto".

Tomó su chaqueta de la silla y revisó su teléfono. No había mensajes, pero eso no significaba que las familias no estuvieran ya tomando medidas. Cada segundo que esperaban les daba a sus enemigos más tiempo para borrar sus huellas, para ocultar las pruebas que podrían exponerlos.

"Lo visitaremos esta tarde", dijo Cole con voz firme. "Pero antes de hacerlo, tenemos que tener todo listo. Tenemos que presentar las pruebas de una manera que obligue a Miller a actuar. Si no le damos una salida, no tendrá más opción que respaldarnos".

Mia guardó rápidamente su portátil y lo cerró de golpe. "De acuerdo. Seguiré trabajando en estos registros financieros, pero tenemos que actuar rápido. No podemos dejar que se nos adelanten".

Cole asintió, mientras su mente ya estaba analizando los

detalles. Estaban jugando a un juego peligroso, pero era la única manera de avanzar. Las familias de Graymoor habían mantenido la ciudad bajo su control durante demasiado tiempo, y ahora era el momento de soltarse.

Al salir del motel, el peso de lo que estaban a punto de hacer se apoderó de ellos. Cole podía sentir que la presión aumentaba con cada paso que daban. Este era el momento en que todo se estaba preparando: la verdad sobre el oscuro pasado de Graymoor estaba a su alcance, pero también lo estaba el riesgo de perderlo todo.

El trayecto hasta la oficina del sheriff fue tenso, la lluvia caía a cántaros como si el pueblo mismo estuviera llorando por lo que estaba por venir. Cole mantenía la vista fija en la carretera, agarrando con fuerza el volante. Su mente oscilaba entre el pasado y el presente: Lana, las desapariciones, las familias, los secretos. Todo estaba conectado, todo unido en una red de poder y manipulación.

Cuando llegaron a la oficina del sheriff, Cole estacionó el auto y se sentó por un momento, ordenando sus pensamientos. "Si esto sale mal…"

Mia lo miró con ojos firmes. "No lo hará. Hemos llegado demasiado lejos como para que se derrumbe ahora".

Cole asintió, aunque el nudo que tenía en el estómago no se aflojó. Salió del coche, seguido de cerca por Mia. La lluvia no había parado y el cielo estaba de un gris intenso, lo que reflejaba la incertidumbre de la situación.

Cuando se acercaban a la oficina del sheriff, la puerta se abrió y allí estaba el sheriff Miller, con el rostro demacrado por el cansancio. No parecía sorprendido de verlos.

"Será mejor que entren", dijo, haciéndose a un lado para dejarlos entrar.

Cole miró a Mia antes de seguir a Miller hacia la oficina. El aire dentro estaba cargado de tensión y Cole podía sentir el peso de lo que estaba a punto de suceder.

Se sentaron en la pequeña oficina. El sonido de la lluvia golpeando contra las ventanas llenaba el silencio. Miller se reclinó en su silla y miró a Cole y a Mia.

—Supongo que no viniste aquí sólo a charlar —dijo Miller con voz ronca.

Cole no perdió el tiempo. "Sabemos lo que está pasando. Las familias, los Hale, los Thatcher, los Garret, han gobernado esta ciudad durante generaciones. Han estado detrás de las desapariciones, los rituales, todo. Y tú lo sabes".

El rostro de Miller se tensó, pero no lo negó. "¿A qué te refieres, Cole?"

—Tenemos pruebas —dijo Mia con voz aguda—. Registros financieros, transacciones de tierras, incluso actas de sus reuniones secretas. Todo está vinculado a las familias y todo ha quedado enterrado, pero no vamos a permitir que siga enterrado.

Miller se inclinó hacia delante, con las manos entrelazadas frente a él. —¿Y qué esperas que haga? ¿Enfrentarme a las personas más poderosas de Graymoor? ¿Crees que la ciudad te respaldará en esto?

"Creemos que estás cansado de ser su títere", dijo Cole, con voz tranquila pero firme. "Has estado caminando sobre una delgada línea, Miller, y te estamos ofreciendo una salida. Ayúdanos a desenmascararlos y no caerás con ellos cuando todo se derrumbe".

La sala quedó en silencio por un momento, el peso de las palabras de Cole flotando en el aire. Miller lo miró fijamente con expresión indescifrable.

Finalmente, suspiró y se reclinó en su silla. —Tienes agallas, Cole, te lo reconozco. Pero estás jugando un juego peligroso. Si te equivocas, si nos equivocamos, todo el pueblo se volverá contra nosotros.

—No nos equivocamos —dijo Mia con voz firme—. Tú sabes que no es así.

La mirada de Miller se dirigió a Mia y luego a Cole. Lentamente, asintió. "Está bien. Vamos a acabar con ellos".

Cuando las palabras salieron de su boca, Cole sintió una oleada de determinación. La lucha aún no había terminado, pero por primera vez, tenían al sheriff de su lado. Y juntos, iban a sacar a la luz los secretos más oscuros de Graymoor.

De una forma u otra.

Después de conseguir el apoyo del sheriff Miller, Cole y Mia regresaron a su habitación del motel para prepararse para lo que venía a continuación. La gravedad de su decisión los agobiaba, pero ambos sabían que ya no había vuelta atrás. Desenmascarar a las familias era su única opción, y tenía que hacerse rápidamente, antes de que las familias pudieran tomar represalias o borrar sus huellas.

Mia trabajaba en la mesa pequeña, con el portátil abierto, escribiendo frenéticamente. Había recopilado todas las pruebas que habían reunido hasta el momento: registros financieros, títulos de propiedad, actas de reuniones y la lista de personas que habían desaparecido a lo largo de los años. Las conexiones eran claras: las familias habían estado orquestando todo, moviendo los hilos tras bambalinas y utilizando el miedo para mantener a raya a la ciudad.

Cole caminaba de un lado a otro junto a la ventana, mirando las calles de Graymoor empapadas por la lluvia. Su mente daba vueltas pensando en las posibles consecuencias de lo que estaban a punto de hacer. Incluso con el apoyo de Miller, perseguir a las familias más poderosas de la ciudad era como meter el dedo en un avispero. Pero no tenían otra opción. Si no actuaban ahora, el ciclo continuaría y se perderían más vidas.

—¿Cómo va todo? —preguntó Cole, deteniéndose junto a Mia.

No levantó la vista de la pantalla. "Ya casi termino de juntarlo todo. Le estoy dando formato a un informe completo que podemos compartir con los medios, las autoridades locales y cualquiera que quiera escucharnos. Pero tenemos que ser inteligentes en cuanto a cómo lo publicamos. No podemos enviarlo a ciegas. Las familias intentarán desacreditarlo o hacerlo desaparecer".

Cole asintió. "Tendremos que coordinarnos con Miller. Él puede asegurarse de que esto llegue a las manos adecuadas: autoridades estatales, tal vez incluso el FBI. Pero tenemos que hacerlo público al mismo tiempo, para que no haya forma de que puedan silenciarlo antes de que se sepa la verdad".

Mia dejó de escribir y lo miró con expresión seria. "Y una vez que esto salga a la luz, no habrá vuelta atrás. Estas familias no se quedarán de brazos cruzados. Contraatacarán".

—Lo sé —dijo Cole en voz baja, apretando la mandíbula—. Pero hemos llegado demasiado lejos como para detenernos ahora. No estamos haciendo esto sólo por nosotros. Lo estamos haciendo por Lana. Por Emma. Por todas las personas que se han llevado.

Mia asintió, con los ojos oscuros y decididos. "Entonces, terminemos esto".

Unas horas más tarde, todo estaba en su lugar. Mia había terminado de recopilar las pruebas y las había organizado en un informe detallado que exponía la participación de las familias en las desapariciones, los rituales y su control sobre Graymoor. Era un informe hermético, respaldado por documentos que no se podían descartar fácilmente. Cole había hablado con Miller, quien había accedido a enviar el informe a los contactos adecuados en las fuerzas del orden. Pero el sheriff también les había advertido que las familias no se rendirían sin luchar.

—Ya está —dijo Mia, cerrando su portátil. Exhaló lentamente, como si el peso de toda la investigación finalmente hubiera recaído sobre ella—. Estamos listas.

Cole la miró con el corazón apesadumbrado pero decidido. "Lo publicaremos a primera hora de la mañana. Para entonces, será demasiado tarde para que lo detengan".

Mia asintió, pero había un destello de preocupación en sus ojos. "Deberíamos tener cuidado esta noche. Saben que nos estamos acercando. Podrían venir por nosotros".

Cole comprendió su miedo. Las familias ya habían demostrado que estaban dispuestas a hacer lo que fuera necesario para proteger sus secretos. Y ahora que sabían que Cole y Mia eran quienes estaban detrás de la investigación, no había forma de saber hasta dónde llegarían para detenerlos.

"Estaremos atentos", dijo Cole. "Estaremos alerta hasta la mañana".

Pero a medida que avanzaba la noche, Cole no podía quitarse de encima la sensación de que algo estaba a punto de suceder. La lluvia había disminuido hasta convertirse en una llovizna suave y las calles estaban extrañamente silenciosas. Demasiado silenciosas.

De repente, el teléfono de Mia vibró sobre la mesa, rompiendo el tenso silencio. Lo cogió y frunció el ceño al leer el mensaje. "Es de Miller", dijo con voz tensa. "Está de camino. Quiere que nos reunamos con él en la vieja cantera que está a las afueras de la ciudad".

Los instintos de Cole se pusieron inmediatamente en alerta máxima. "¿La presa? ¿Por qué querría encontrarse con nosotros allí?"

Los ojos de Mia se encontraron con los suyos, con una expresión de incertidumbre en ellos. —No lo sé, pero dice que es urgente. Dice que hay algo que necesitamos ver, algo que sellará el caso.

Cole frunció el ceño. Había algo extraño en todo aquello. Se suponía que se encontrarían con Miller en la comisaría al día siguiente, una vez que el informe estuviera listo para ser enviado. ¿A qué se debía el cambio repentino?

—No tenemos por qué ir —dijo Mia, percibiendo su vacilación—. Podría ser una trampa.

Cole sopesó las opciones, con la mente acelerada. Si Miller era sincero, esta podría ser la última pieza que necesitaban para acabar con las familias de una vez por todas. Pero si era una trampa, si las familias habían llegado hasta él, entonces iban directo al peligro.

Respiró profundamente, ya había tomado la decisión. "Nos vamos, pero estaremos preparados para cualquier cosa".

Mia asintió y rápidamente recogió sus cosas. "Vamos a mudarnos".

Salieron del motel en silencio y se adentraron en la noche mientras la lluvia comenzaba a arreciar de nuevo. El trayecto hasta la cantera fue tenso, la oscura carretera serpenteaba a través del bosque, flanqueada por árboles imponentes a ambos lados. Cole mantenía la vista en la carretera, pero su mente estaba acelerada. Todos los instintos de su cuerpo le gritaban que era una mala idea, pero no podían permitirse el lujo de perder lo que podría ser su última oportunidad de acabar con las familias.

Cuando llegaron a la cantera, el lugar estaba tan desolado como Cole lo recordaba. La vieja maquinaria estaba oxidada y abandonada, y los acantilados se alzaban sobre el agua oscura que había debajo. Habían pasado años desde que alguien había usado el lugar; ahora era solo un rincón olvidado del pasado de Graymoor.

Cole estacionó el auto y observó el área. No había señales de Miller.

—¿Dónde está? —susurró Mia con voz tensa.

Cole entrecerró los ojos mientras salía del coche, con la mano apoyada en la pistola enfundada. "Quédate cerca. Algo no está bien".

Avanzaron con cautela hacia el centro de la cantera; sus pisadas resonaban en el silencio. El viento soplaba entre las rocas y traía consigo el lejano sonido del susurro de las hojas. Pero, aparte de eso, el lugar estaba inquietantemente silencioso.

Y entonces, desde las sombras, una voz gritó.

"¿Buscas algo, detective?"

Cole se dio la vuelta, con el corazón acelerado, mientras unas figuras surgían de la oscuridad. Tres hombres, vestidos de negro y con el rostro oculto, dieron un paso adelante, todos ellos con armas. Uno de ellos sonrió con frialdad y sus ojos brillaron en la penumbra.

—No creías que podrías salirte con la tuya, ¿verdad? —dijo el hombre en voz baja y amenazante—. Las familias lo saben todo, Cole. Te han estado vigilando. Y ahora es el momento de que esto termine.

A Cole se le encogió el estómago. Esto era una trampa.

Extendió la mano para coger su arma, pero antes de que pudiera sacarla, uno de los hombres levantó su arma y apuntó directamente hacia él.

—Suéltalo —gruñó el hombre—. O muere.

Cole se quedó paralizado y miró a Mia. Ella estaba de pie a unos pocos metros detrás de él, con el rostro pálido de miedo. El segundo hombre la apuntaba con su arma y tenía el dedo sobre el gatillo.

Por un momento, todo quedó en silencio. La lluvia, el viento, el frío... todo se desvaneció mientras Cole permanecía allí, con la mente acelerada y el corazón palpitando con fuerza.

Estaban atrapados.

Pero no se rendiría sin luchar.

En un rápido movimiento, Cole sacó su arma y disparó. El disparo resonó en la cantera y se desató el caos. Los hombres se lanzaron a cubrirse, disparando con sus armas mientras Cole y Mia corrían hacia las rocas.

—¡Por aquí! —gritó Cole, agarrando el brazo de Mia mientras se agachaban detrás de un montón de escombros. Las balas pasaban zumbando junto a ellos, rebotando en las piedras con un estruendo ensordecedor.

Mia se agachó junto a él, respirando entrecortadamente. "¡Tenemos que salir de aquí!"

Cole asintió, pero su mente estaba concentrada en una sola cosa: sobrevivir. Las familias habían enviado a sus hombres a matarlos, a silenciarlos antes de que pudieran revelar la verdad. Pero Cole no iba a permitir que eso sucediera.

No después de todo lo que habían pasado.

No después de Lana.

"Lo lograremos", dijo Cole con voz firme. "Tenemos que hacerlo".

Mientras continuaban los disparos, Cole y Mia se prepararon para su siguiente movimiento.

El ajuste de cuentas final llegó.

Y Cole estaba listo para contraatacar.

Los disparos resonaban en la cantera como el rugido distante de un trueno. El corazón de Cole latía con fuerza en su pecho mientras él y Mia se agachaban detrás de las rocas irregulares, las balas rebotaban en la piedra que los rodeaba. La lluvia había aumentado y caía en fuertes ráfagas, lo que dificultaba ver más allá de unos pocos metros por delante. La noche se había convertido en un campo de batalla y los superaban en número y armamento.

Cole presionó su espalda contra la piedra fría, su mente se aceleró mientras contaba los disparos. No podían quedarse allí para siempre. Los hombres que las familias habían enviado se estaban acercando y era solo cuestión de tiempo antes de que quedaran atrapados sin salida.

—No podemos seguir así —jadeó Mia, su voz apenas se oía por encima de la lluvia y los disparos—. Nos acorralarán si no nos movemos.

Cole asintió y se secó la lluvia del rostro mientras observaba los alrededores. La cantera era un laberinto de acantilados imponentes y maquinaria abandonada, que ofrecía muchos lugares para esconderse, pero también hacía que escapar fuera casi imposible. Vio un viejo sistema de cinta transportadora que conducía a uno de los acantilados más altos. Si lograban llegar allí, podrían llegar al terreno elevado y tomar el control de la pelea.

—Sígueme —susurró Cole, señalando hacia la cinta transportadora—. Tenemos que llegar arriba.

Mia siguió su gesto con la mirada y asintió, entendiendo el plan. Agarró el arma con fuerza, con los nudillos blancos por la empuñadura.

"A la tres", dijo Cole. "¡Uno... dos... tres!"

Salieron corriendo de detrás de las rocas, avanzando tan rápido como pudieron por la cantera empapada por la lluvia. Los hombres que los perseguían gritaron mientras volvían a abrir fuego, pero las balas se desviaron en medio del caos. Cole y Mia llegaron a la oxidada cinta transportadora y comenzaron a trepar, resbalándose los pies sobre el metal mojado mientras se impulsaban hacia arriba. La vieja estructura crujió bajo su peso, pero aguantó... a duras penas.

Cole miró hacia atrás justo a tiempo de ver a uno de los hombres acercándose, apuntando su arma directamente a la espalda de Mia. Sin pensarlo, Cole levantó su propia arma y disparó, el tiro impactó al hombre de lleno en el pecho. Se desplomó con un gruñido y desapareció entre las sombras.

—¡Sigue adelante! —le instó Cole con voz tensa.

Llegaron a la parte superior de la cinta transportadora y treparon a un terreno elevado, agachándose detrás de una vieja pieza de maquinaria. Desde allí, tenían una vista clara de la cantera que se encontraba debajo. Los otros dos hombres todavía los buscaban, con sus linternas iluminando la zona bajo la lluvia, pero no se habían dado cuenta de que Cole y Mia se habían trasladado a un terreno más alto.

—Esta es nuestra oportunidad —susurró Mia, respirando entrecortadamente—. Podemos acabar con ellos desde aquí.

Cole asintió, pero su mente ya estaba dándole vueltas a las posibilidades. Podían acabar con esos dos hombres, pero ¿y luego qué? Incluso si sobrevivían a la noche, las familias enviarían más. No se detendrían hasta que Cole y Mia fueran silenciados, hasta que todo rastro de la verdad hubiera sido enterrado junto con ellos.

"Los sacamos y luego nos vamos", dijo Cole. "Nos dirigimos

directamente a los medios, a la policía estatal, a cualquiera que esté dispuesto a escuchar. No hay que esperar más. Lo publicaremos todo esta noche".

Los ojos de Mia se abrieron de par en par, pero no discutió. "Está bien. Terminemos con esto".

Cole contuvo la respiración y apuntó a los hombres que estaban abajo. Su dedo se mantuvo sobre el gatillo, esperando el momento adecuado. Los hombres se estaban acercando, sus linternas atravesaban la oscuridad, sus armas estaban en alto y listas. Cole sabía que solo tenía unos segundos para hacer que el disparo contara.

El primer hombre apareció ante sus ojos, de espaldas a Cole. Sin dudarlo, Cole apretó el gatillo. El hombre cayó al suelo con un grito agudo y su linterna cayó sobre las rocas.

El último hombre, al darse cuenta de lo que había sucedido, se dio la vuelta y disparó alocadamente hacia su posición. Cole se agachó justo a tiempo y las balas se estrellaron contra el metal que tenía a su lado con un estruendo ensordecedor. Mia devolvió el fuego, sus disparos apuntaron con cuidado, pero el hombre se movía rápido y se escondía tras un escondite.

—¡No podemos dejar que se escape! —gritó Mia por encima del ruido.

Cole se asomó por detrás de la maquinaria y escudriñó la cantera que se encontraba debajo. El hombre se había puesto a cubierto detrás de un viejo vehículo minero y los apuntaba con su arma, pero estaba inmovilizado. Era solo cuestión de tiempo antes de que hiciera un movimiento.

El corazón de Cole se aceleró mientras calculaba cuál sería el siguiente paso. Tenían que terminar con esto antes de que el hombre pidiera refuerzos, antes de que las familias enviaran a más matones a cazarlos.

—Mia —dijo Cole en voz baja y urgente—. Tú cúbreme. Yo voy para allá.

—¿Qué? —Mia abrió los ojos con incredulidad—. Cole, no, te matará antes de que llegues a la mitad del camino.

—Seré rápido —insistió Cole—. Sólo mantén su atención en ti.

Mia apretó la mandíbula, pero asintió y miró al hombre que estaba debajo. "Está bien. Solo ten cuidado".

Cole le hizo un gesto con la cabeza y luego se alejó de su escondite, avanzando hacia el borde del acantilado. Encontró un sendero angosto que conducía a la cantera, las rocas estaban resbaladizas y eran traicioneras por la lluvia. Mientras Mia disparaba algunos tiros para distraer al hombre, Cole descendió tan rápido y en silencio como pudo, con el corazón martilleándole en el pecho a cada paso.

Cuando llegó al fondo, se agazapó detrás de una gran roca, a solo unos metros de donde se escondía el hombre. Cole podía oírlo respirar con dificultad y sus botas crujían sobre la grava cuando cambiaba de posición. El hombre no tenía idea de lo cerca que estaba Cole.

Esto fue todo.

En un movimiento fluido, Cole se levantó de detrás de la roca y apuntó con su arma directamente a la cabeza del hombre. "Suéltalo", ordenó con voz dura.

El hombre se quedó paralizado, con el arma aún en alto, pero no la bajó. Tenía una mirada desenfrenada y llena de pánico mientras miraba a Cole y al acantilado donde se encontraba Mia.

—¡Dije que lo soltaras! —gritó Cole, dando un paso más cerca.

Por un momento, pareció que el hombre obedecería, pero

luego su mirada se endureció. Con un movimiento repentino y desesperado, apuntó con su arma a Cole.

Pero Cole fue más rápido.

Disparó un solo tiro y el hombre cayó al suelo, con el arma desprendida de sus manos. La lluvia caía a cántaros, lavando la sangre que se acumulaba alrededor de su cuerpo.

Cole se quedó allí un momento, con el pecho agitado y el sonido del disparo todavía resonando en sus oídos. Todo había terminado. Los hombres enviados a matarlos se habían ido.

Pero cuando Cole miró el cielo oscuro, supo que esto era solo el comienzo.

Mia bajó para unirse a él, con el rostro pálido pero decidido. "¿Y ahora qué?", preguntó con voz ligeramente temblorosa.

Cole enfundó su arma con expresión sombría. "Ahora lo terminaremos. Tomaremos las pruebas y las haremos públicas. Expondremos a las familias como lo que son".

—¿Y si vuelven a perseguirnos? —preguntó Mia con voz llena de incertidumbre.

—Lo harán —dijo Cole con voz firme—. Pero no importa. Una vez que se sepa la verdad, perderán lo único a lo que se han aferrado: el poder.

Mia asintió, aunque el peso de lo que estaban a punto de hacer pesaba entre ellos.

"Tenemos que actuar rápido", dijo Cole, mientras sus ojos escrutaban la cantera por última vez. "Por la mañana, todo el mundo sabrá lo que ha estado sucediendo en Graymoor".

Mientras se alejaban de los cuerpos y se adentraban en la noche lluviosa, Cole sintió que una extraña sensación de finitud lo invadía. Las familias podían contraatacar, pero la verdad era una fuerza que no podían controlar.

Por primera vez en años, Cole sintió un destello de esperanza.

La oscuridad todavía estaba allí, acechando en los rincones de Graymoor, pero ahora, por primera vez, estaba a punto de ser arrastrada hacia la luz.

El sol de la mañana se escondía tras un espeso velo de nubes grises mientras Cole y Mia estaban sentados en el comedor, con una cafetera de café entre ellos, intacta. El peso de lo que estaban a punto de hacer se sentía en el aire. Cole podía sentir la tensión en su cuerpo, una silenciosa tormenta de nervios, ira y determinación que se agitaba bajo la superficie. Había llegado el momento por el que habían estado luchando.

Frente a él, Mia miraba fijamente su portátil, con los dedos sobre el panel táctil. En la pantalla estaba el informe que habían pasado días compilando: un relato detallado del control de las familias sobre Graymoor, las desapariciones, los rituales y el poder que habían tenido durante generaciones. Era hermético, estaba repleto de pruebas y estaba listo para ser publicado.

"¿Estás listo?", preguntó Mia en voz baja, mirando a Cole.

Cole respiró profundamente y asintió. "Ya es hora".

Mia dudó un momento y frunció el ceño. —Una vez que presione enviar, no habrá vuelta atrás. Las familias sabrán que fuimos nosotras. Vendrán por nosotras.

Cole la miró a los ojos y dijo con voz firme: "Déjenlos. Ya no nos esconderemos más. Este pueblo merece saber la verdad".

Mia asintió levemente y sus ojos reflejaban la misma determinación que Cole. Se volvió hacia la computadora portátil y colocó el dedo sobre el mouse. Con un último suspiro, hizo clic en el botón y se envió el informe.

En cuestión de segundos, la verdad se supo. El correo electrónico había llegado a todos los principales medios de comunicación del estado, a las fuerzas del orden, a los activistas y a los líderes comunitarios. Ya no había forma de detenerlo.

Los secretos más oscuros de Graymoor estaban saliendo a la luz para que todo el mundo los viera.

Mia se reclinó en su silla y exhaló lentamente. "Está hecho".

Cole asintió, pero la tensión en su pecho no disminuyó. Sabía que las familias no se quedarían de brazos cruzados. Lucharían y lucharían con todas sus fuerzas. Pero ahora que la verdad había salido a la luz, habían perdido lo único en lo que habían confiado durante tanto tiempo: el secreto.

"Intentarán desacreditarnos", dijo Cole en voz baja. "Intentarán distorsionar la historia, hacer que parezca que somos nosotros los que mentimos. Pero las pruebas son demasiado contundentes. Los medios no podrán ignorarlas".

"Y Miller nos respalda", agregó Mia. "Una vez que la policía estatal intervenga, las familias ya no podrán seguir encubriendo el hecho".

Cole le dedicó una pequeña y sombría sonrisa. "Lo intentarán, pero ahora tenemos la ventaja".

Se quedaron sentados en silencio por un momento, mientras el peso del momento se apoderaba de ellos. La ciudad de Graymoor, que había vivido en las sombras durante tanto tiempo, estaba a punto de verse obligada a salir a la luz. Las familias que la habían controlado, que habían sacrificado vidas inocentes para mantener su poder, finalmente se enfrentarían a la justicia.

De repente, el teléfono de Cole vibró sobre la mesa y lo sacó de sus pensamientos. Miró la pantalla y vio un mensaje de texto del sheriff Miller:

"Ya empezó. Nos vemos pronto".

Cole miró a Mia y apretó la mandíbula. "Está sucediendo".

Mia frunció el ceño. "¿Qué quieres decir?"

—La repercusión —dijo Cole, levantándose de la mesa y cogiendo su chaqueta—. Miller dice que ha empezado. Tenemos que llegar a la comisaría.

Mia cerró rápidamente su computadora portátil y lo siguió fuera del restaurante. El aire afuera era denso y húmedo, las nubes se arremolinaban amenazadoramente en lo alto. Parecía la calma antes de una tormenta, solo que esta vez, la tormenta venía a por ellos.

Condujeron en un tenso silencio, con el peso de lo que estaba sucediendo sobre ellos a cada kilómetro que pasaba. Cuando llegaron a la oficina del sheriff, el estacionamiento estaba lleno de autos sin distintivos, vehículos de la policía estatal y furgonetas de noticias. Los periodistas estaban reunidos afuera, con las cámaras preparadas, sus rostros serios y expectantes.

—Esto es más grande de lo que pensábamos —murmuró Mia, con los ojos muy abiertos mientras estacionaban el auto.

Cole asintió con tristeza. "Bien. Cuanto más grande sea esto, más difícil será para las familias enterrarlo".

Salieron del coche y se abrieron paso entre la multitud de periodistas. Las cámaras destellaban y les ponían micrófonos delante de la cara, pero Cole mantuvo la cabeza agachada, ignorando el aluvión de preguntas.

Dentro de la estación, la atmósfera era aún más tensa. Los agentes de policía del estado estaban dispersos por todo el edificio, hablando en voz baja, con expresiones serias. El sheriff Miller estaba de pie cerca del fondo, con los brazos cruzados sobre el pecho, su rostro sombrío pero decidido. Cuando vio a Cole y a Mia, les hizo una seña para que se acercaran.

"No estabas bromeando, Cole", dijo Miller en voz baja. "El informe cayó como una bomba en los medios. La policía estatal está muy pendiente de esto y las familias están luchando. Ya han llamado a sus abogados, pero eso no les va a ayudar. No esta vez".

Cole apretó la mandíbula. —Bien. Se merecen algo peor.

Miller asintió, aunque su expresión seguía tensa. —Hay algo más. Hemos estado escuchando conversaciones dentro de las familias. No se rendirán sin luchar. Estoy escuchando rumores de que ya han enviado gente a buscarte, gente que hará lo que sea necesario para mantener esto en silencio.

Cole sintió un escalofrío recorrerle la espalda, pero se obligó a mantener la calma. "Déjenlos venir. Estaremos listos".

Miller lo miró con dureza. —Tienes que tener cuidado, Cole. Esas personas son peligrosas. Si no pueden impedir que la verdad salga a la luz, irán a por ti y por Mia personalmente.

—Lo sé —dijo Cole en voz baja—. Pero eso no cambia nada. Hicimos lo correcto.

Miller suspiró y se pasó una mano por el pelo. "Eso espero. Porque esta ciudad está a punto de quedar destruida".

A medida que avanzaba la tarde, la comisaría bullía de actividad. Llegó más policías estatales y los detectives comenzaron a interrogar a figuras clave de la ciudad, incluidos miembros de las familias Thatcher, Garret y Willoughby. La red de mentiras que se había tejido en torno a Graymoor durante tanto tiempo estaba empezando a desenredarse.

Pero Cole no podía deshacerse de la sensación de que algo estaba a punto de suceder, algo peor.

Él y Mia se quedaron en la estación, ayudando a los investigadores con las pruebas que habían reunido, pero a medida que pasaban las horas, la tensión en el aire solo se hacía más densa. Al anochecer, el cielo se había oscurecido y la tormenta que se había estado gestando durante todo el día finalmente estalló. Los truenos retumbaron en la distancia y la lluvia comenzó a caer en fuertes ráfagas.

De repente, uno de los oficiales entró corriendo en la habitación, pálido. "Sheriff, tenemos un problema. Ha habido una explosión en la antigua finca Thatcher".

Los ojos de Miller se abrieron de par en par. "¿Qué? ¿Una explosión?"

—Sí, señor —dijo el oficial con voz temblorosa—. Parece que le prendieron fuego al lugar. No quedó nada.

A Cole se le heló la sangre. "Están destruyendo las pruebas".

Miller maldijo en voz baja y tomó su radio. "Envía unidades allí ahora. Necesitamos asegurar la zona antes de que quemen algo más".

Pero Cole sabía que no se trataba solo de las pruebas. Las familias estaban haciendo una declaración. Le estaban diciendo a Cole, a Mia y a todos los demás involucrados en la investigación que no se rendirían sin luchar y que estaban dispuestos a quemarlo todo hasta los cimientos si eso significaba mantener sus secretos a salvo.

—Están entrando en pánico —dijo Mia con voz tensa—. Saben que están perdiendo el control.

Cole asintió con los puños apretados. "No podemos dejar que ganen. Tenemos que actuar más rápido".

A medida que el caos en el exterior seguía creciendo, Cole y Mia sabían que habían tocado una fibra sensible. Las familias estaban desesperadas y las personas desesperadas eran peligrosas. La tormenta que se había estado gestando en Graymoor durante generaciones finalmente había estallado y ahora era hora de luchar para ver quién sobreviviría a las consecuencias.

Pero Cole estaba listo.

La verdad había salido a la luz. El control de las familias sobre Graymoor se estaba debilitando. Y, sin importar lo que intentaran hacer, Cole estaba decidido a llegar hasta el final.

No más carreras.

No más escondites.

Era hora de que el ajuste de cuentas se completara.

La tormenta azotaba el exterior mientras la noche se oscurecía sobre Graymoor. Los relámpagos atravesaban el cielo y arrojaban destellos de luz espeluznantes a través de las ventanas de la comisaría. En el interior, la tensión había llegado a un punto de ruptura. Cole estaba de pie cerca de la entrada, con los ojos escudriñando la habitación mientras los oficiales y la policía estatal trabajaban frenéticamente para localizar a los restos de las poderosas familias que habían gobernado Graymoor durante generaciones.

La noticia de la explosión en la finca Thatcher había conmocionado a la ciudad. Las familias se apresuraban a borrar sus huellas, destruyendo pruebas y haciendo movimientos desesperados para conservar los últimos hilos de su poder. Pero Cole sabía que era demasiado tarde. La verdad había salido a la luz y, por mucho que intentaran controlar los daños, ya no había forma de detenerla.

Mia estaba hablando por teléfono en un rincón, coordinando con los medios de comunicación locales, asegurándose de que la historia se mantuviera en el centro de atención. Su voz era firme, pero Cole podía ver el cansancio en sus ojos. Habían estado corriendo con adrenalina durante días, pero ahora, mientras la tormenta se intensificaba afuera, parecía que la batalla final estaba sobre ellos.

El sheriff Miller se acercó con el rostro preocupado. "Tenemos un problema, Cole".

A Cole se le hizo un nudo en el estómago. "¿Qué pasa?"

—Una de las familias —dijo Miller en voz baja—, los Garrett.

Han tomado un almacén cerca de los muelles. Tenemos informes de que están armados y tienen rehenes. Están haciendo exigencias: dicen que si no nos retiramos, matarán a todos los que están dentro.

Cole apretó la mandíbula. Los Garret eran una de las familias más despiadadas de Graymoor y, si los acorralaban, no había forma de saber qué harían. Las familias estaban perdiendo el control y ahora se desesperaban.

"¿Cuántos rehenes?" preguntó Cole con voz fría.

Miller negó con la cabeza. "No lo sabemos con seguridad, pero es grave. Están utilizando a los rehenes como palanca para que detengamos la investigación y ocultemos la verdad".

A Cole le hirvió la sangre. "No podemos permitir que se salgan con la suya".

—Lo sé —dijo Miller con expresión sombría—, pero lo han dejado claro: matarán a los rehenes si no nos retiramos. Estamos caminando sobre la cuerda floja y no tenemos mucho tiempo.

Cole se volvió hacia Mia, que acababa de colgar el teléfono. Había oído la conversación y su rostro estaba pálido de preocupación. "Tenemos que ir allí", dijo, con voz firme a pesar de la tensión en el aire. "No podemos permitir que utilicen a personas inocentes como peones en esto".

"De acuerdo", dijo Cole. "Pero tenemos que actuar con inteligencia. Si nos precipitamos, matarán a los rehenes sin pensárselo dos veces".

Miller asintió. "Estoy reuniendo un equipo para rodear el almacén, pero necesitamos a alguien desde adentro, alguien que pueda negociar, calmar los ánimos y darnos tiempo".

—Me iré —dijo Cole inmediatamente. Su voz era firme y resuelta—. Conozco a los Garret. No escucharán a cualquiera, pero me escucharán a mí. Entraré y sacaré a esa gente.

Miller dudó. —¿Estás seguro de esto? Ya eres su objetivo número uno. Si saben que estás ahí...

—Es exactamente por eso que tengo que irme —interrumpió Cole—. Esto es personal para ellos. Quieren resolver esto conmigo. Si entro, puedo distraerlos el tiempo suficiente para que puedas asegurar el perímetro y sacar a los rehenes sanos y salvos.

Mia dio un paso adelante, con expresión tensa. "Voy contigo".

Cole empezó a protestar, pero la mirada en los ojos de Mia le dijo que era inútil. Ella no iba a dejar que entrara solo al almacén y, honestamente, no quería hacer esto sin ella.

"Está bien", dijo Cole. "Pero tenemos que tener cuidado. Un movimiento en falso y se acabó".

Miller los miró fijamente a ambos. "No me gusta esto, pero tienes razón: no tenemos otra opción. Tendré a mi equipo listo para actuar en cuanto des la señal".

Cole asintió, con la mente ya concentrada en la tarea que tenía por delante. "Nos encargaremos de ello".

En cuestión de minutos, se encontraban en un automóvil rumbo a los muelles, mientras la lluvia caía a cántaros mientras la tormenta continuaba. Las calles estaban inquietantemente silenciosas y la ciudad de Graymoor contenía la respiración mientras se acercaba el enfrentamiento final.

A medida que se acercaban a los muelles, Cole pudo ver el almacén que se alzaba frente a ellos, su silueta oscura apenas visible a través de las cortinas de lluvia. La policía había establecido un perímetro, sus luces destellaban a lo lejos, pero el área alrededor del almacén estaba oscura y silenciosa. En algún lugar dentro, los Garrets estaban esperando, armados y peligrosos, con vidas inocentes en juego.

Cole aparcó el coche a cierta distancia y él y Mia salieron a la tormenta. La lluvia fría los empapó al instante, pero ninguno de los dos pareció notarlo. Sus mentes estaban concentradas, alertas, listas para lo que estaba a punto de suceder.

"¿Estás lista?", preguntó Cole, mirando a Mia.

Ella asintió con la cabeza, con expresión decidida. "Terminemos con esto".

Se acercaron al almacén con cautela, con movimientos lentos y deliberados. El corazón de Cole latía con fuerza en su pecho, pero su mente estaba despejada. Había enfrentado peores adversidades antes, pero esta vez, se sentía diferente. Esta vez, el peso de toda la historia de Graymoor lo oprimía, y las vidas de los rehenes estaban en sus manos.

Cuando llegaron a la entrada lateral, Cole se detuvo, con la mano apoyada en el picaporte. Respiró profundamente y miró a Mia. "Permanezcan cerca. Pase lo que pase, nos mantendremos unidos".

Mia asintió levemente, con los ojos clavados en los de él. "Entendido".

Cole abrió la puerta lentamente y entraron. El interior del almacén estaba oscuro y húmedo, el aire estaba cargado de olor a aceite y madera húmeda. A lo lejos, oyó voces apagadas: los Garret y sus rehenes.

Se movieron en silencio por el laberinto de cajas y maquinaria; sus pasos apenas eran audibles por el sonido de la lluvia golpeando el techo. A medida que se acercaban al centro del almacén, Cole pudo distinguir las siluetas de varias figuras. Los Garret estaban de pie en un círculo suelto, con sus armas apuntando a un grupo de rehenes acurrucados en el suelo.

Cole intercambió una mirada con Mia y luego dio un paso

adelante, levantando las manos en un gesto de rendición. "Estoy aquí para hablar", gritó, y su voz resonó en el almacén.

Los Garret se dieron vuelta y entrecerraron los ojos al verlo. El hombre a cargo, Jared Garret, el patriarca de la familia, dio un paso adelante con el arma en alto.

—Tienes mucho valor para venir aquí, Cole —gruñó Jared, con voz baja y peligrosa—. Todo esto es culpa tuya. Si hubieras mantenido la boca cerrada, nada de esto estaría sucediendo.

Cole se mantuvo firme, con las manos aún en alto. "Se acabó, Jared. La verdad ha salido a la luz. No puedes detenerla ahora".

El rostro de Jared se retorció de rabia. "¿Crees que has ganado? ¿Crees que exponernos cambiará algo? Nosotros construimos esta ciudad. La controlamos. Y si tengo que quemarla hasta los cimientos para conservarla, que así sea".

—No tienes por qué hacer esto —dijo Cole, con voz tranquila pero firme—. Todavía hay una salida. Deja que los rehenes se vayan y podremos hablar. Podemos resolver esto sin que nadie más salga herido.

Jared se burló y apretó más el arma. "No tenemos escapatoria, Cole. Tú te encargaste de eso".

El corazón de Cole se aceleró al ver que el dedo de Jared se movía en el gatillo. Tenía que actuar rápido, antes de que las cosas se salieran de control. Dio un paso hacia adelante, con los ojos clavados en los de Jared.

—Tienes razón —dijo Cole en voz baja—. No tienes escapatoria, pero no tienes por qué llevarte a gente inocente contigo.

Por un momento, el aire en el almacén se llenó de tensión; la tormenta del exterior se hacía eco de la tormenta del interior. Cole podía ver el conflicto en los ojos de Jared, la desesperación y la ira en pugna con el miedo a perderlo todo.

Y entonces, en un movimiento repentino, Jared bajó su arma.

—Déjenlos ir —gritó a sus hombres—. Se acabó.

Los rehenes fueron liberados, sus rostros aterrorizados reflejaban una mezcla de alivio e incredulidad mientras se apresuraban hacia la puerta. Cole dejó escapar un suspiro que no se había dado cuenta de que había estado conteniendo.

Mia se acercó a él, con la mirada aún cautelosa. "Lo logramos".

Pero cuando los rehenes huyeron para ponerse a salvo, Cole supo que ese no era realmente el final. Los Garret estaban acabados, sí. Pero las sombras de Graymoor eran profundas y siempre habría quienes querrían mantener el pasado enterrado.

Cole enfundó su arma y miró a Mia en voz baja. "Por ahora, se acabó".

Pero en el fondo, sabía que la lucha no había terminado definitivamente.

Aún no.

Milton Keynes UK
Ingram Content Group UK Ltd.
UKHW020049181024
449757UK00011B/579